UNE
GLACE SANS TAIN,

PAR

Hippolyte Bonnellier.

TOME SECOND.

AU COMPTOIR DES IMPRIMEURS-UNIS,

QUAI MALAQUAIS, 15.

1845.

UNE

GLACE SANS TAIN.

OUVRAGES SOUS PRESSE

De M. Hippolyte Bonnellier.

HISTOIRE COMMERCIALE ET POLITIQUE DES FRANÇAIS DANS LE MEXIQUE, ouvrage dédié au Roi.

HISTOIRE DES CONSPIRATIONS DEPUIS LE COMMENCEMENT DE LA MONARCHIE.

HISTOIRE DES CARVINS DE HONGRIE.

UN MORCEAU DE ROBE (roman).

UNE FENÊTRE A TRAVERS LES ARBRES (roman).

L'ANTICHAMBRE DES TUILERIES (livre psychologique) avec cette épigraphe :

> « ... Ce sifflet !... il me servait à
> « appeler mes chiens, dans le temps
> « où j'avais des secrétaires. »
>
> LÉON GOZLAN, *Main droite et main gauche*, acte 1er.

Paris — Imp. de E.-B. Delanchy, faub. Montmartre, 11.

UNE
GLACE SANS TAIN,

PAR

HIPPOLYTE BONNELLIER.

Tome Deuxième.

PARIS.

AU COMPTOIR DES IMPRIMEURS-UNIS,

QUAI MALAQUAIS, 15.

1845.

Ouvrages de M. H. BONNELLIER.

HISTOIRE. -- POLITIQUE.

	Vol.
Histoire de l'Épire et de l'Albanie.	1 in-8°.
Mémorial de l'Hôtel-de-Ville de Paris (1830).	1 id.
Réponse à une lettre de M. de Chateaubriand (1832), brochure.	id.
Lettre au Roi (1840), brochure.	id.
La Ligue en Basse-Bretagne.	3 in-12.

ROMANS HISTORIQUES.

Urbain-Grandier.	1 in-8°.
Nostradamus.	2 id.
Raiz.	2 id.
L'anneau de paille.	2 id.
Le vicomte d'Aché.	2 id.
La Grille.	1 id.
La Plaque de cheminée.	1 id.
Juive et Mauresque.	1 id.

ROMANS DE MŒURS.

Calomnie.	1 in-8°.
La Fille du Libraire.	2 in-12.
Louise de Valencey.	2 id.
Les Vieilles Femmes de l'île de Sein.	2 id.
L'Homme sans cœur.	2 in-8°.
Le Moine blanc.	2 id.
Deux Nouvelles.	1 in-12.
La Petite Porte.	1 in-8°.
Un Malheur domestique.	2 id.
Manette.	2 id.
Une Méchante femme.	1 id.
Le Bosquet sur les toits.	2 id.
Le Pigeon noir.	2 id.

POÉSIES.

Satires suivies d'une Messénienne.
Épître au comte François de Neufchâteau.
Épître à M. de Vatimesnil.
Avis de la tombe au Prince de Joinville.
Marines.—Élégies.

L'armoire.

I.

Une nuit du mois de février 1812, il y avait
un bal dans l'hôtel Thélusson, rue de Provence,
à Paris ; la haute société parisienne assistait à
ce bal ; et comme les personnages politiques,
même étrangers, s'y trouvaient en grand nombre, le ministre de la police, *Savary*, y tenait

sa place. Le duc de Rovigo affectait surtout de grandes politesses, d'aimables empressements, pour un jeune homme d'une grande élégance, à la taille élevée, au visage noble, aux formes gracieuses, irréprochable danseur, parleur spirituel, que tous les hommes saluaient, que toutes les femmes regardaient, auprès de qui elles se plaisaient à s'arrêter et à sourire aussi finement, avec autant de séduction que l'exige une demi-promesse.

Le beau jeune homme avait probablement apprécié les prévenances du ministre de Napoléon; il y répondait avec une mesure parfaite, ne cherchait à s'y soustraire que lorsque la voix d'une femme exigeait rigoureusement qu'il y fît attention ; et, de lui-même, aussitôt que finissait une contredanse où il avait figuré, il allait complaisamment se replacer dans le rayon qui environnait le ministre, afin de relever avec courtoisie quelques-unes de ces paroles ministérielles que l'orgueil de la position ne manque jamais d'inspirer.

Un autre personnage avait dans ce salon une attitude considérable, et si le duc de Rovigo ne s'approchait pas de lui avec autant de sollicitude qu'il en montrait pour le jeune homme, du moins le couvait-il du regard et suivait-il attentivement toutes les variations de sa physionomie ; mais ce personnage, plus âgé que celui dont je viens de parler, ne dansant pas et causant peu, soutenait cet examen à distance avec la plus complète indifférence.

Il est probable (les allures de la police impériale étant connues de façon à le faire supposer), il est probable que le ministre duc de Rovigo laissant voir la distinction dont il honorait principalement ces deux messieurs, il n'était pas le seul à leur accorder la même attention ; il est permis de supposer que, du milieu de tous ces groupes composés de l'élite de la société, partaient bien des regards suivant la direction de ceux de Savary.

Qu'étaient donc ces deux personnages dont la modestie était exposée à une si brillante bien-

veillance ? — Le beau jeune homme aux longs
cheveux blonds et bouclés, aux yeux bleus,
fiers, doux et tendres, au sourire plein de fi-
nesse et de charme, à la voix française, c'était
le comte *Czernicheff*, premier aide-de-camp
d'Alexandre, empereur de Russie ; celui qui
partageait sa faveur, c'était le prince Kourakin,
ambassadeur du czar.

Si sincères que soient l'affabilité et la déférence attentive, elles finissent par éprouver une
sorte de lassitude à ne s'adresser, dans un vaste
salon, qu'à une ou deux personnes au plus :
deux heures du matin venaient de sonner, et
Savary, par quelques mouvements rapides de
ses paupières, un froncement de ses sourcils,
laissa prévoir qu'il commençait à être aveuglé
par cet objet qu'il tenait à ne pas perdre de vue ;
il parut se lasser de sa constance et, changeant
brusquement de direction, il fit quelques pas
dans le salon, s'approcha d'un monsieur à cheveux blancs, décoré de *la Légion-d'Honneur* et
de *la Couronne de fer*, et lui dit très-bas en le

conduisant dans l'embrasure d'une fenêtre :

« Rien pour ce soir ; ce grand *dadais* ne pense qu'à ses péronnelles dont il est la coqueluche !... Levez la consigne... je donne congé. »

On allait se rendre au souper, et presque au même instant une douzaine de messieurs, titrés, manquaient dans le salon : la consigne était levée.

Le comte Czernicheff avait pris le bras de la fille d'un émigré, élève de Mme Campan, mariée depuis un an à un général, baron de l'empire. La compagne du jeune Russe était charmante et ne craignait pas de paraître telle aux yeux de son cavalier : elle riait aux éclats en entrant dans la salle à manger, et sa voix sonore jeta ces mots :

«Ah! par exemple, monsieur le comte, me faire trahir publiquement le secret du cœur de mon amie !... C'est bien mal à vous d'y compter! je ne dis qu'à l'oreille ce qui peut affliger quelqu'un...

— Et si je vous prie, madame la baronne, de me le dire à moi seul, ce secret qui désole un mari?...

— Baissez-vous donc, alors, car les faiblesses humaines ne montent pas jusqu'au ciel... »

Le comte approcha son oreille de la jolie bouche de cette jolie femme, qui lui dit :

« Soyez parti dans une heure ; dans deux heures, tout sera découvert... Vous êtes fusillé demain si Savary vous trouve ici au lever du jour.»

Et marquant l'issue de sa confidence par un nouvel éclat de rire, la jeune baronne en s'asseyant dit gaîment :

« Comte, pour me prouver votre reconnaissance, protégez mon souper... je vous garde derrière mon siége. »

Le comte Czernicheff n'avait pas sourcillé ; le sourire n'avait pas cessé de laisser voir ses jolies dents.

Cinq minutes après, un valet de pied passait derrière M. de Czernicheff, tenant dans chacune de ses mains deux assiettes garnies de potage ; le comte paraît chanceler, se recule, pousse rudement le laquais et fait tomber les assiettes : l'habit de l'élégant jeune homme est perdu de bouillon. Savary, à deux pas de là, voit l'accident, et d'un ton chagrin :

« Ah ! monsieur le comte, vous, si favorisé et qui méritez tant de l'être, finir la soirée par une maladresse !

— Il faut savoir, monsieur le duc, se consoler même d'une défaite en présence du héros de Wagram. »

Ce mot faisait allusion à la brillante conduite de Savary pendant cette bataille, dont il avait décidé le succès à la tête des gendarmes d'élite Il fut si flatté de ce souvenir, que la complaisance recueillit et répandit autour de lui, qu'il ne prit pas garde à la disparition, d'ailleurs motivée, de M. de Czernicheff.

Au sortir de l'hôtel Thélusson, l'aide-de-camp de l'empereur de Russie se fit conduire rue du Mont-Blanc, n° 4, où il habitait; entré dans ses appartements, il monta dans une soupente, au-dessus de sa chambre, éveilla un jeune homme, son secrétaire :

« Vite ! vite ! dans une minute, soyez *à l'armoire...* enlevez tout... Si nos hommes sont à travailler, jetez-leur mille roubles par-dessus le marché ; mais, sur votre vie, fermez bien la cassette des papiers, sans lâcher le trésor... Vous vous rendrez aussitôt au boulevart des Capucines, à cinquante pas en avant de *l'hôtel du prince de Neufchâtel...* vous m'attendrez, si je n'y suis pas avant vous. »

Deux minutes et le secrétaire du comte frappait au n° 14 de la même rue, dans une maison de chétive apparence et aujourd'hui démolie ; il montait au quatrième étage, frappait trois coups cadencés à une porte unique sur le pallier; un homme de trente ans environ, grand, aux traits rudes et accentués, lui ouvrait, tenant un flambeau.

«Votre tâche est terminée, *monsieur Bassan;* vite, vite, les papiers !

— Quoi ! sommes-nous découverts? la police est-elle à nos trousses?...

— Je ne sais pas... c'est possible... mais le comte m'envoie tout chercher... Je crois que nous sortons de Paris... Est-ce que ces messieurs sont là?

— *Michel* et *Tarroux*?... Oui, nous achevons les copies...

— Oh! pas une seconde à attendre !... »

Le jeune homme suivit le porte-flambeau et pénétra dans une seconde pièce qui n'avait d'autre ameublement qu'une table ronde, des chaises, des rideaux verts aux fenêtres et une grande armoire en noyer, espèce de caisse de sûreté. Autour de la table chargée de papiers,

éclairée par deux autres flambeaux, les deux
personnages déjà désignés par celui que le secrétaire avait appelé M. Bassan.

« Messieurs, — dit ce dernier avec trouble,
— essuyons nos plumes et levons le siége!

— Découverts! — s'écrièrent les deux écri-
vains.

— Du moins, — reprit l'envoyé, — partie
terminée... promptement! Les papiers sont-ils
au complet?. . l'armée?... l'intérieur?...

— Tout, » répondirent d'une commune voix
les trois occupants de cet appartement qui paraissait clandestin.

Tandis que le secrétaire du comte russe se
jetait sur la masse des papiers, la rassemblait, la
roulait en un paquet informe et la faisait entrer
dans une petite caisse à serrure placée sur la
table, deux des scribes s'entreregardaient, et
leurs yeux se tournaient vers l'armoire.

L'encaissement des papiers terminé, le jeune

homme chercha une clé dans sa poche, et dit en se dirigeant vers l'armoire :

« Messieurs, j'ai ordre de vous laisser encore mille roubles d'adieux. »

Il y eut, à ce moment, une consultation muette, mais d'une rapide et effrayante signification, entre les nommés *Tarroux* et *Bassan*; celui-ci fit un pas en avant, appuya son dos contre l'armoire, et d'une voix nette, rendue terrible seulement par le regard qui l'accompagnait :

« Inutile, jeune homme, très-inutile d'ouvrir cette armoire...

— Comment ! mais il faut que j'emporte la cassette... sur laquelle j'ai à prélever mille roubles.

— Nous n'en voulons pas.

— Vous n'en voulez pas ?

— Nous gardons tout.

« — Comment ! messieurs, — s'écria le nommé *Michel*, — vous prétendez voler le trésor du comte ?

— Je prétends que vous vous taisiez, — dit d'une voix stridente et aiguë celui qui s'appelait Tarroux, petit homme de trente ans, grêle, à la figure frêle, aux yeux petits et sombres.

— Vous avez le secret de la France, monsieur... Maintenant, partez, — reprit Bassan.

— Comment ! vous étiez des voleurs ?... — s'écria naïvement le jeune secrétaire.

— Je vous dis que si vous tardez davantage, votre maître est pris, et nous mourrons tous ! — continua le chef apparent de ce complot. — Mourir ou partir ! — ajouta-t-il en élevant la voix et développant un geste menaçant. — Mais c'est vous qui mourrez !... »

Le malheureux secrétaire eut peur du regard, de l'expression de Bassan, et d'un mouvement que venait de faire Tarroux ; il se crut sur le

point d'être massacré... et saisissant le coffret
des papiers :

— Messieurs... je ne vous demande plus que
la vie !...

— Juste ciel ! — dit Michel en sanglotant,
— est-ce là où la trahison devait nous mener ?

— Qu'elle te mène à te taire ! — dit Tarroux
en se pressant contre Michel.

— Finissons ! — cria Bassan. D'un coup de
sa main gauche étendue sur la table, il renversa
les trois flambeaux ; et du même mouvement
saisissant dans ses bras nerveux le confident du
comte Czernicheff, il l'emporta ; — Tarroux
ouvrit les portes jusque dans la rue.

— Un mot ! lui disait-il à l'oreille en le descendant sans lui faire toucher la marche ; — un
mot et je crie à la garde, et vous êtes guillo-
tiné.... »

Le jeune homme, dès qu'il se sentit débar-
rassé de cette douloureuse étreinte, dès qu'il

se vit libre, prit la fuite, sa cassette de papiers à
la main, et rejoignit le comte. Sur son rapport,
l'officier russe fut tenté de courir à ce repaire où
cent mille écus, argent de son gouvernement,
étaient déposés ; mais un gendarme d'ordon-
nance venant à passer au galop sur le boulevart, M. Czernicheff, satisfait d'emporter de
quoi ruiner les projets de Napoléon, ne songea
plus qu'aux moyens de salut ; ils étaient prépa-
rés pour tous les instants ; ils étaient certains.

Bassan, après avoir refermé la porte de la
rue, était remonté en toute hâte ; les bougies
avaient été rallumées, et une forte pince de fer,
une hachette, agissant sans relâche sous la main
de Tarroux et sous la sienne, les panneaux ne
résistèrent qu'à peine ; Bassan creva l'un d'eux
d'un coup de pied. Au fracas produit par l'en-
foncement de ce panneau, un long soupir retentit dans la chambre et suspendit les mouvements forcenés des deux travailleurs.

C'était *Michel* qui, se voyant dépassé dans
son acte criminel, subissait déjà le remords.

L'armoire fut visitée avec soin : il s'y trou-vait divers papiers et un coffret contenant trois cent mille francs en billets de la banque de France.

Le partage fut équitable : chacun des scribes avait *cent mille francs.*

« Ces billets me brûlent ! — dit avec la sin-cère expression de la douleur le nommé Michel, homme d'une quarantaine d'années environ, à la physionomie débonnaire, au regard plaintif et inquiet.

— Donne-les-moi, — lui répliqua Tarroux avec douceur ; — il y a des circonstances où je prendrais une barre de fer rouge dans mes mains !

— Allons, donne-les ! — ajouta Bassan, — ta conscience sera soulagée d'autant... Mais ache-vons le débat dans la rue... les billets ne me brûlent pas, mais le plancher. »

Ils descendirent tous trois avec précaution,

II.   2

et s'orientèrent du côté du faubourg Saint-De-
nis, où demeurait Tarroux.

La conscience de Michel ne s'était point
apaisée pendant cette course, et, cédant à l'effroi
que lui causait le vol audacieux des *trois cent
mille francs*, il jeta sa part sur le bureau de Tarroux, et se sauva en adressant à ses complices
ces affreuses paroles :

« Parquet ou pavé, tout me semble le plancher de la guillotine !... et nous y monterons,
misérables que nous sommes, car nous avons
vendu la France, son armée et son empereur !
Quant à ce vol... il est à vous ! »

Les deux voleurs s'entreregardèrent.

« J'ai toujours pensé que les poltrons étaient
fort dangereux, — dit Bassan.

— Je m'en vais lui passer des ficelles dans les
jambes, — dit Tarroux d'un air réfléchi.

— Pour nous, — reprit Bassan, — nous n'a-
vons plus qu'à émigrer. Quand on a tenté le sort

entre un échafaud et cinquante mille écus, le mieux qu'on puisse faire, si l'on gagne le lot des écus, c'est de s'en tenir là. Tarroux, vous êtes homme expert en bien des choses, mais ne compromettez pas votre habileté dans cette affaire : croyez-moi, dites adieu à vos pénates, à Paris, à la France!... et, pour plus de sûreté, oublions que nous nous sommes connus... Je vous dis adieu.

— Adieu, Bassan... Si jamais nous nous rencontrons dans la vie, nous nous donnerons, mutuellement, protection et fidélité... Embrassons-nous. »

Circonspect, — comme tous les aventuriers, après la réussite, Bassan n'eut pas plutôt quitté son complice, qu'il courut aux *Messageries générales*, rue Notre-Dame-des-Victoires, et retint sa place pour six heures du matin dans la diligence de Rouen, porteur d'un passeport à son signalement et sous le nom de *Léon Saladin*, herboriste : précaution habilement prise dès le jour où l'abominable complot avait été ourdi.

Tarroux, moins d'une heure après avoir quitté Bassan, entrait dans le cabinet du secrétaire de M. *Pasquier*, alors préfet de police, et lui disait :

« La confidence que j'ai promise, je viens vous la faire : Les nommés Michel, employé à l'administration de la guerre, dépôt des cartes, demeurant rue de l'Oseille, n° 7 ; et *Bassan*, aussi employé à l'administration de la guerre, bureau des *mouvements*, demeurant rue Verde-let, n° 11, sont les auteurs du vol des cartons du ministère de la guerre. Le comte *Czernicheff*, aide-de-camp de l'empereur de Russie, rue du Montblanc, n° 4, a payé vingt-cinq mille francs, à chacun des traîtres, la remise des pièces... Michel, depuis trois nuits, ne couche pas chez lui, mais chez un oncle, rue des Anglaises, n° 8, faubourg Saint-Marceau... Bassan doit être parti, il y a une heure, pour le Petit-Montrouge où il

a une *habitude* auprès de la veuve d'un phar-
macien, une dame Janon... Est-ce écrit?

— C'est écrit.

— A vous à faire le nécessaire. »

Et après sa révélation, Tarroux, protégé par
un *laissez-passer* aux insignes de la haute-police,
prenait un bidet de poste et courait sur la route
d'Orléans.

Le duc de Rovigo, averti par le préfet, lâcha
tous les limiers de la police : ils ne parvinrent à
mettre la main que sur Michel.

Ce malheureux porta tout le poids de la légi-
time colère du gouvernement : il monta sur l'é-
chafaud.

C'est trois mois plus tard que Napoléon, sous
le prétexte d'une inspection de son armée sur les
bords de la *Vistule*, partit pour Dresde, peu sou-
cieux, réellement, des effets d'une trahison qui
ne donna à l'empereur de Russie que la connaissance anticipée de projets dont les évènements
allaient lui constater la réalité.

Et tandis que le czar étudiait la marche dans son empire de ces magnifiques régiments dont Czernicheff lui avait impunément procuré les états de situation, deux bâtiments américains partis du Havre, l'un pour le Mexique, l'autre pour Philadelphie, et protégés par le droit des *neutres*, emportaient *Tarroux* et Bassan.

Histoire rétrospective

(LE COMPLOT).

II.

Il faut franchir *dix-huit* ans environ.

Après des chances diverses dans des opérations de commerce sur les denrées européennes, Bassan venait de perdre, dans la Nouvelle-Jersey, Amérique septentrionale, le produit de son double crime ; et un renseignement, venu de loin, lui révélant la possibilité d'une position nouvelle, il partit pour la Virginie indienne où il arriva en compagnie d'une petite fille de cinq ans : c'était la fille de son frère, mort à la Nouvelle-Jersey où il était venu lui-même tenter la fortune ; c'était la petite Laure-Antoinette.

Conduit par son renseignement, Bassan se présenta dans une magnifique habitation située à dix milles de *Norfolk,* et qui avait pour maître sir Sydney, Anglais opulent, déjà âgé, ayant auprès de lui sa femme, d'origine française et déjà sur le retour ; une gouvernante ou femme de charge encore jolie, et un petit garçon de quatre ans environ, fils naturel de sir Sydney, mais *reconnu,* sinon légitimé. Mme Sydney avait permis que cet enfant fût élevé auprès d'elle, car la mère lui était inconnue et elle la supposait morte : sa discrétion à cet égard était d'ailleurs rendue encore plus digne par les soins qu'elle accordait au petit *Robert.*

Bassan se présenta à sir Sydney pour régir son habitation : il fut accepté...

Six mois ensuite, l'ancien commis de la guerre, le voleur du comte Czernicheff, épousait la femme de charge de l'opulent Anglais.

Il y avait à peine huit jours que ce mariage était consacré lorsque Bassan, au sortir de Norfolk, se rencontra avec un *négociant* ambulant, porte-balle, comme nous en voyons en France. Une exclamation mutuelle signala ces deux hommes l'un à l'autre :

« Bassan !

— Tarroux ! »

Après les premiers moments de la reconnaissance, Bassan dit d'une voix profonde :

« Les faiseurs de proverbes disent donc la vérité ? *Le bien mal acquis ne profite jamais !*

— Bah ! — reprit l'autre d'un ton railleur, — c'est la vérité mise sur une carte ! Dans le grand jeu des évènements humains, un proverbe ne peut avoir rien d'absolu !... Si, au lieu de *m'a-coquiner* dans le petit négoce, les petites affaires et les plaisirs, au milieu de ces coquins de Mexicains, je m'étais aventuré avec mes cinquante mille écus, comme *Magellan* ou *François Drake*, je serais aujourd'hui une célébrité entre tous les navigateurs !... J'ai du goût pour les grandes courses... aussi, en attendant un navire qui me porte sur les océans, je parcours la terre ferme, une balle d'échantillons sur le dos .. Et vous ?

— Je régis l'habitation d'un riche Anglais...

— De la domesticité sans porter la livrée... Allons, pour vous aussi les cartes ont été mauvaises. Toutefois, je dois en convenir, votre sort vaut encore mieux que le mien...

— Je ne sais pas trop... je viens de me marier...

— Oh ! alors je retire ma félicitation... la concupiscence ne mène à rien qu'à des sottises.

— C'est cependant en vue d'une idée raisonnable que j'ai contracté ce mariage... »

Tarroux regarda bien en face son ancien complice.

« Tenez, Bassan, les dix-huit ans qui nous ont passé sur la tête n'ont point affaibli notre mémoire : je me rappelle mon Bassan de 1812, *comme si je le voyais...* Vous venez de dire la vérité, il y a une idée dans votre mariage !...

— Allons ! voilà que je vous retrouve aussi, vous ! —s'écria Bassan avec mécontentement ; — vous êtes toujours cet huissier de la rue de la Verrerie, chercheur, inquisiteur, dénicheur de créances et *vendeur* de débiteurs !... tous les noms en *eur* !...

— Ne vous gênez pas, Bassan, allez jusqu'à celui qui nous fit jurer protection et fidélité l'un envers l'autre... Nous nous sommes quittés *voleurs,* comment nous retrouvons-nous ?

— Assez... Puis-je vous être utile ? je n'ai rien et je suis bien peu de chose ; mais enfin, il y a quelquefois une fortune dans la bonne volonté du pauvre...

— Peste ! vous dites que vous n'avez rien et
vous êtes régisseur d'une grande habitation !. .
Écoutez, Bassan, je dois croire sincère votre
demande de m'être utile ; je vous répondrai
dans trois jours... je ne sais pas l'heure ni le
lieu... Comment s'appelle *votre maître ?*

— Sur la terre américaine, je ne prendrai
pas votre mot pour une insolence... mon maître
se nomme sir Sydney...

— Je le connais...

— Vraiment !

— Du moins j'en ai entendu parler... et je
devais faire une course de son côté... Dans trois
jours, je trouverai le moyen de vous faire connaître le service que vous pouvez me rendre. »

Oui, Bassan avait eu une idée préméditative en
se mariant à la gouvernante, à la femme de
charge de sir Sidney... Il avait examiné cette
femme, et, sans se préoccuper des agréments
qu'elle pouvait avoir conservés, il avait reconnu

sur ses traits l'expression du calcul, de la convoitise, de l'avarice ; il pensa qu'en fortifiant
sa propre nature, à lui, de cette nature qui lui
était analogue, il pourrait en résulter, pour leur
intérêt commun, un important avantage ; il se
maria donc, n'ayant encore dans sa tête, toujours échauffée, que la moitié d'un projet.

La rencontre inattendue de Tarroux lui ins-
pira, en y réfléchissant, une vague inquiétude :
Tarroux l'avait lancé dans la mauvaise voie ; c'est
à ses confidences qu'il devait son association dans
le crime abominable de la vente des plans de
Napoléon à la Russie ; et, bien que l'organisation lourde et rude de Bassan ne le rendît pas
accessible aux délicatesses des pressentiments, il
ne put s'empêcher de voir, dans cette mise en
présence, tant de mers et tant d'années passées,
une raison pour se tenir sur ses gardes.

Ce troisième jour, indiqué par Tarroux, était
déjà presque écoulé, et Bassan n'avait pas eu de
nouvelles de son ancien complice, lorsque, revenant de la sucrerie, nuit presque venue, une

main lui frappa sur l'épaule au moment où il s'y
attendait le moins.

« La place est bonne, Bassan ; nous pouvons
jaser ici.

— Comment! Tarroux! je vous trouve dans
l'habitation même ?

— Le nègre de ronde n'a point encore passé ;
d'ailleurs, la cause de votre étonnement est de
peu d'importance en ce moment ; il s'agit de plus
grave que cela... Vous m'avez demandé l'autre
jour si vous ne pourriez pas me rendre service...
vous le pouvez : de quelle manière ? la voici :
vous pouvez me faire cadeau d'un million...

— Êtes-vous fou, Tarroux ?

— Si peu fou, Bassan, que certaines précautions prises par vous depuis quelque temps, une
conversation que vous avez eue avant-hier dans
Norfolk avec un fréteur de navires, d'autres petits indices encore me révèlent qu'avant peu
vous quitterez ce pays avec les deux millions

huit cent mille francs dont le remboursement vient d'être fait, il y a onze jours, à sir Sidney, par la compagnie anglo-américaine de l'exploitation des mines du Pérou... est-ce clair?

— Ah! — pensa Bassan; — flaireur de sacs, tu deviens sorcier!...

— Eh bien! Bassan, voyons, suis-je un fou, un menteur, un écervelé? ou suis-je en effet bien informé?...

— Ma foi! quand le sort nous pousse, on ne peut pas lutter... deux adresses valent mieux qu'une; et je puis bien faire pour reprendre le million qui m'échappera ce que j'allais faire pour le tout... — continuait de penser le régisseur.

— Diable, Bassan! voilà une délibération bien longue! Ce n'est pas la vertu qui chancelle, non; c'est l'avarice qui se consulte... C'est mal! Est-ce que nous ne nous sommes pas juré protection, assistance, amitié?...

— C'est à quoi je pensais, Tarroux...

II.   3

— Pour en faire une plaisanterie cruelle contre moi ?

— Non, pour obéir à la sincérité du serment. Va pour la vérité ! Il m'en coûte un million ! mais dans ce hasard diabolique qui nous rassemble, à l'instant même d'un *coup à monter*, il y a plus que du hasard, il y a une mystérieuse volonté... et je lui obéis... Oui, Tarroux a l'odorat subtil, il suit *aux fumées* le sac d'or comme le *nègre quêteur* suit le filon de la mine. Oui, il y a onze jours, deux millions huit cent mille francs en valeurs britanniques et en or ont été apportés dans cette habitation ; encore onze jours et ce trésor, divisé en deux parts, sera parti pour la France et pour Londres, où sir Sidney, dans un an, ira faire sa double résidence : voilà l'état des choses.

« Maintenant l'exécution ? La difficulté est immense ; le trésor est dans la chambre de sir Sidney, homme à précautions, homme à se servir d'un pistolet, comme vous, Tarroux, d'une

plume, et qui tuerait un voleur sans même s'informer de ce qu'il a volé.

— Je sais tout cela, — interrompit Tarroux ;
— mais il n'y a difficulté sérieuse que pour celui qui ne sait pas la vaincre. J'ai pesé tous les
moyens : la persuasion ? j'en parle pour en rire ;
on ne va pas dire à un riche : *Partageons ;* la
ruse ? cet Anglais la déjouerait et nous ferait
pendre...

— La violence, vous voulez dire ?

— Et vous le dites comme moi ; car il n'est
pas probable que vous ayez vu arriver ces millions sans vous faire plusieurs raisonnements à
votre usage... Ainsi, entre Tarroux et Bassan,
association !

— Association...

— Franche, entière, dévouée... — insista Tarroux.

— Franche, entière et dévouée.

« — Après-demain, 19 octobre, à neuf heures du soir, ici, à cette place, je vous dirai, Bassan, ce que j'ai cru possible. Pensez-y d'ici là, et nos deux imaginations réunies, comme nos deux amitiés, trouveront la voie la plus sûre, la plus prompte... Comme au mois de février 1812, embrassons-nous! Ce baiser vaut deux millions huit cent mille francs! »

Les deux associés se quittèrent après cette accolade infernale, semblable à celle qu'Alfiéri suppose entre Satan et Judas.

Bassan rentra tout pensif, tout étonné de ce jeu étrange du sort qui permettait ainsi, dans deux instants de sa vie, une occasion de fortune, une occasion de crime, en complicité avec Tarroux. Ce que celui-ci avait prémédité, Bassan l'avait prémédité; la violence que l'un voulait employer, l'autre y avait songé!.. Cette homogénéité d'idées, d'audace et de perversité, pouvait se rencontrer chez deux hommes suivant le même cours dans la vie, marchant côte-à-côte

dans la même voie, vivant sous le même toit ;
mais si criminelle que fût l'intelligence de Tarroux et de Bassan, il était hors de toute prévision humaine qu'ils dussent se concerter, après
dix-huit ans d'une séparation marquée par les
mers, pour accomplir deux fois le même crime,
— qu'importe la différence du résultat !

C'est l'extraordinaire de cette situation qui
fit fléchir Bassan devant la nécessité d'un partage, fût-il inégal ; mais en même temps qu'il
promit l'association, il arrêta formellement dans
son esprit la volonté d'en finir avec cette bizarrerie des évènements qui lui ramenait Tarroux
à des heures décisives.

« Oui, je sais, — pensait-il en rejoignant l'habitation *du maître*, — j'ai entendu parler de
ces destinées fatalement et à toujours attachées
l'une à l'autre, après s'être rencontrées inopinément, sans qu'on sache comment ni pourquoi...
que ce soit pour le mal, que ce soit pour le bien
que la rencontre s'est faite, tôt ou tard l'une

absorbe l'autre, la ruine, la détruit, la dévore !..
Tarroux m'est uni, à ce qu'il paraît, par un lien
mystérieux... Je ne veux pas qu'il m'enveloppe
dans les *ficelles* qui ont attaché ce malheureux
Michel pour aller à la guillotine sur la place de
Grève de Paris !... Le 20 octobre, le charme
sera rompu et les ficelles de Tarroux cou-
pées. »

Depuis son mariage, Bassan n'avait laissé pénétrer par sa femme aucune des raisons secrètes
qui l'avaient déterminé à cette union ; il s'était
borné à l'étude sérieuse, approfondie, de son caractère, et, bénéficiant de l'intimité qui en était
résultée pour lui dans la maison de sir Sidney,
il avait observé, avec le soin le plus minutieux,
les habitudes, les façons d'être des maîtres de la
maison. Du reste, rien encore de bien clair, de
bien arrangé dans ses résolutions, avant qu'il eût
rencontré Tarroux.

Dans cette soirée du 17 octobre, il voulut hâ-
ter le moment de comprendre sa femme et d'en

être compris. Dès qu'il se vit seul avec elle, il commença ainsi :

« Madame Bassan, voulez-vous être riche ?

— Si je le veux ! — répondit vivement la dame avec une ingénuité qui ne permettait pas le doute.

— Moi aussi, je le veux ! — répliqua son mari ; — je le veux en homme intelligent, qui ne finit pas par *désespérer* à force d'espérer toujours, mais qui espère, qui agit en conséquence, et qui possède !...

— Vous êtes bien habile, mon ami, si ce que vous voulez, vous le pouvez faire...

— Un peu de cette habileté, ma femme, vous l'avez...

— Moi ?

— Oh ! je sais lire ! et j'ai mis votre front, vos regards, votre physionomie sous ma lampe ; j'ai regardé attentivement et je vous ai devinée...

— Moi ?

— Vous ! belle dame… vous avez des yeux
qui ne seraient pas fâchés de paraître embarras-
sés et timides… Vous voulez être riche ! la vie
d'Europe avec ses jouissances, son orgueil, vous
irait à merveille ; — j'ai lu cela sur vos traits,
où cela est écrit en aussi grosses lettres que
l'A B C D des petits enfants… Eh bien ! dame
Bassan, vous allez être millionnaire !… Voyons,
finissons tout de suite les ébahissements, les
exclamations et les demi-sourires de la joie mal
contenue : désœuvrement, prévision de ce qui
arrive, nécessité de m'affilier aux habitudes secrètes de la maison de sir Sydney, je vous ai
épousée. Vous n'êtes plus assez jeune pour inspirer de ridicules transports, c'est donc une
raison d'état qui m'a fait vous désirer pour
femme ; nous sommes à l'heure de la vérité, elle
doit être dite tout entière… Avant tout, sachez
bien que vous avez pour mari un homme de
bronze, implacable et terrible dans sa haine ; je
ne vous parle de ce côté de mon caractère que

pour mémoire... car nous sommes encore dans
la lune de miel... Mais s'il devait s'élever entre
nous une contradiction sérieuse portant sur un
intérêt que je regarderais comme grave, renón-
cez à l'espoir de l'emporter par ces criailleries
de femme colère ou les jérémiades de femme
sensible : ni l'un ni l'autre moyen! Ma volonté,
pour vous, que ce soit tout... »

Mme Bassan, pour la première fois, regardait
son époux avec terreur, car dans la liberté toute
nouvelle de son langage, elle comprenait *un
parti pris* qui avait dû précéder leur union.

« Comment ! monsieur, vous êtes l'homme
que j'ai épousé !

— Voilà !... et plutôt pire que moins.

— Ainsi ce repos que vous cherchiez, disiez-
vous, après de grands orages dans votre existence ?...

— Ce repos se cherche et s'obtient quelquefois de la part d'un homme de mon âge auprès

d'une femme jeune d'âme et de corps, jolie au point d'étourdir la raison, de rajeunir l'organisation refroidie, de déplacer complètement la pensée et de faire désirer un bonheur dont on ne conservait les sensations qu'en souvenir... Mais vous, madame Bassan, si agréable que vous me paraissiez encore, vous avez perdu l'âge de la séduction ; si j'ai cinquante-un ans, vous en paraissez bien près de cinquante... Assez pour parler affaire ; c'est déjà beaucoup dans la circonstance présente... Oh ! je vous en prie, essuyez ces petites larmes, ces gros soupirs, ces grincements de dents mal retenus ; il y va, pardieu ! de bien autre chose !... Les petites giries d'une Parisienne sont trop jeunes pour vous et trop ennuyeuses pour moi !... D'un seul mot éclairons nos pensées... Vous voulez être riche, vous allez l'être. Je ne vous demande que d'être aveugle et muette pendant deux jours et deux nuits... Sauf à préparer, à petit bruit, vos paquets les plus essentiels dans la nuit de demain...

— Partons-nous de ce pays?

— Eh! oui, ma petite mère, vous en partez!... Fine femme, fleur des coquettes, vos
yeux sourient: vous devinez enfin que vous
avez épousé un homme qui vous traînera *par
les rues de l'Europe* en char tout brillant de
soie et d'or; qui couvrira cette poitrine, un peu
maigre, de diamants de la plus belle eau, qui
couvrira ces épaules un peu aiguës des cache-
mires les plus beaux des Indes! Vivat!... l'union
de deux êtres qui s'aiment et se comprennent,
c'est merveilleux!

— Mais qu'allez-vous faire? — demanda
Mme Bassan.

— Ceci, ma moitié, vous l'apprendrez dans
trente-six heures en entendant *gazouiller* l'oiseau de la nuit. »

Histoire rétrospective

(LE CRIME).

III.

La confidence faite par Bassan méritait bien
que sa femme y réfléchît : elle y pensa en effet,
et, selon les tendances que son mari avait dési-
gnées en elle, dans des termes si offensants,
elle ne chercha pas aussitôt à imaginer un
moyen raisonnable de passer de l'état de dé-

pendance à l'état d'opulence ; elle ne se demanda pas, tout d'abord, comme il convenait
qu'elle le fît, si elle eût voulu ne suivre que
l'ordre moral et régulier des choses ; elle ne
se demanda pas quelle fantaisie d'être riche
avait spontanément passé par la tête de son
époux, et comment il pourrait la réaliser : elle
en accepta l'idée sans la discuter, et développant dans le rêve de l'espoir ses instincts de
convoitise et d'attachement pour les jouissances
mondaines, elle se livra pendant vingt-quatre
heures à une gaîté qui faisait sourire son mari.
Il aurait paru fâcheux à celui-ci que sa femme,
par de la circonspection et une sagacité ver-
tueuse, pût embarrasser son action.

Le 18 au soir, lorsqu'il se retrouva seule avec
elle, il entama d'un ton plus mesuré que de
coutume la conversation qui devait définitivement lui donner une complice.

« Voyons, ma petite femme, mettez votre
cœur sur votre main et parlez-moi avec la sin-

cérité d'un petit enfant. Aimez-vous beaucoup
vos maîtres ?

— On n'aime jamais beaucoup ceux dont on
dépend.

— Il y a dans votre réponse une petite
maxime sociale d'une grande vérité... Ainsi, les
quitter brusquement vous gênerait peu ? »

La physionomie de Mme Bassan devint sérieuse et inquiète.

« Eh bien ! qu'est-ce qui vous prend ? il vous
passe un papillon noir dans l'esprit ?

— C'est qu'en quittant sir Sidney, je quitte-
rais le petit *Robert*, et j'aime cet enfant.

— Voilà une belle raison ! et je vous demande
un peu de quoi vous vous mêlez d'aimer ce petit bâtard !

— Enfin, je l'aime ! — répliqua-t-elle avec fermeté.

— Parbleu ! si vous voulez absolument faire

II.   4

de la maternité à l'égard des enfants des autres, vous n'avez qu'à aimer ma nièce; elle est fort gentille...

— Vous n'avez pas, il me semble, à me reprocher de manquer de soins pour elle?...

— Voyons, voyons, laissons ces petites tendresses et approchons-nous des évènements... Sir Sidney vous a ramassée en France; moi, il m'a ramassé sur le seuil de cette habitation; nous sommes tous deux, à ses yeux, un bien de hasard dont on se défait comme on l'a trouvé, sans grande peine : il nous arriverait malheur, à l'un ou à l'autre, que le maître ni la maîtresse n'en changeraient l'heure du repas... S'il leur arrivait malheur à eux, je ne vois pas pourquoi nous en serions émus...

— Quel malheur! monsieur Bassan?

— Quel malheur?... moi, je ne sais pas; il y en a tant de possibles!... Mais enfin celui qui les résume tous : la mort!

— Ce serait bien triste cependant... mais tant que je verrai le petit Robert, je me console-rai... »

Bassan étudia du regard cette réponse de sa femme ; il n'y vit que l'expression d'une manie, et après une pause, il passa outre.

« Mistriss Sidney est une pécore?...

— Oh! pour elle je ne l'aime guère...

—·Cela me va mieux... Vous savez où elle met ses diamants?

— Ses diamants!

— Allez-vous me faire répéter chaque mot? Vous m'avez bien entendu...

— Ses diamants sont enfermés dans le double fond de la boîte d'armes de monsieur...

— A quelle place de la chambre à coucher se trouve la caisse de cuivre à bandes d'acier?

— Sous une console qui porte la boîte d'ar-mes...

— Vous allez et venez dans cette chambre ?

— Le matin, jusqu'à ce que l'appartement soit fait... Depuis l'envoi des millions du Mexique, sir Sydney se tient dans sa chambre pendant que l'on fait le service, et il emporte la clé tout le reste du jour...

— La chambre des enfants est-elle fermée la nuit ?

— Je ne crois pas... car j'entends souvent *madame* se plaindre que Robert l'a réveillée par son sommeil agité...

— Ne pourriez-vous faire coucher ma nièce, la nuit prochaine, dans une autre chambre ?...

— Sous quel prétexte ?.. *Madame* a pris, vous le savez, cette petite en affection ; elle vient d'être sa marraine et lui a donné son nom... l'éloigner de cette chambre ce serait mécontenter *madame*...

— Voilà bien des petits cailloux dans mon

chemin ; il me faudra lever les pieds ou les chas-
ser avec mes pointes... Nous verrons !... Vous
allez, à tout évènement, faire ainsi que je vous
en ai prévenue un paquet de vos objets les plus
précieux...

— Ah ça ! voyons, monsieur Bassan, c'est
donc bien vrai ; un projet vous est donc venu
qui va changer notre situation ?

— Oui, ma petite femme, un projet d'or !... et
vous m'y servirez ?

— C'est mon devoir de vous obéir...

— C'est qu'une maladresse, une hésitation ne
nous ruineraient pas seulement, elles nous per-
draient...

— Ce que vous me direz de faire, je le ferai.

— J'en étais sûr, — pensa Bassan après qu'il
eut cessé de soutenir cette conversation toute
de préambule, — elle ne veut pas paraître me

comprendre, et elle voit déjà dans son sac les millions de sir Sydney !... La femme qui désire ne s'appartient plus... Maintenant, songeons à Tarroux. Ah! mon drôle, tu attaches ta destinée aux basques de ma redingote ! tu accroches tes bras aux miens, et quand je placerai mon assiette devant moi, tu viendras y mettre ta cuillère. Finissons cette communauté qui ressemble à une raillerie... Ses moyens d'exécution, pour demain, je ne les connais pas; mais, du caractère dont il est, il aura tout prévu, tout combiné, tout organisé... il ne s'agit, pour moi, que de m'occuper de lui et de le surprendre au plus fort de son œuvre!... La cohabitation avec les *noirs* procure une science utile, *la botanique* : le *colchique*, le *mancenilier*, l'*œnanthe*, le *doronic* à racine de scorpion, les *tithymales*, l'herbe de *Saint-Christophe*, voilà bien de quoi choisir pour procurer un *bon sommeil* à mon associé[1]... Mais des effets plus ou moins prompts, plus ou moins sûrs, et je veux qu'il *n'attende pas* !...

l'*ouisoccaw*, à bonne dose, le rendra plaisant, et avant que de le tuer je serai bien aise de voir l'ami Tarroux en gaîté... »

Bassan commença tranquillement sa nuit sur cette idée.

Le lendemain, il passa les premiers instants de la matinée à préparer avec un soin extrême une boisson funeste, composée avec le suc laiteux de l'*ouisoccaw*; il en chargea la valeur de deux tasses de lait de vache, puis il mit cette potion en lieu sûr.

Tandis qu'il s'occupait à ces manipulations chimiques, sir Sydney, un instant seul avec Mme Bassan, mettait à découvert des pensées qu'il avait gardées jusqu'alors.

« Eh bien ! ma pauvre amie, comment vous trouvez-vous du mariage ?

— Je le supporte ; à mon âge, on n'a plus les illusions qui compensent ses inconvénients...

— Bassan me parait un peu rude, mais au fond,

et malgré certains mouvements de physionomie,
je le crois un brave homme...

— Je ne me plains pas de lui...

— Ce ne serait point assez pour me tranquil-
liser sur votre bonheur...

— Ce n'est cependant point à vous, monsieur,
que je puis en faire l'éloge...

— Pourquoi pas?... il faut tirer de sa position tout ce qu'elle peut offrir de mieux et ne
pas s'y mettre mal à l'aise par des retours inu-
tiles vers le passé... Notre liaison est éteinte ;
mon mariage et le cours des années ont donné
une autre direction à mes sentiments ; il faut
voir dans votre mari l'être qui désormais vous
tiendra lieu d'affection... J'en suis là ! Mme Sydney n'est plus d'âge à me rappeler à la jeunesse ;
ne m'ayant pas connu jeune, elle ne saurait avoir
pour moi ces gracieuses indulgences qu'inspi-
rerait le souvenir ; et cependant je m'arrange
de cet état de raison : il faut faire de même...

et vous avez, mon amie, pour vous donner du courage, de la sécurité, un motif bien puissant, c'est ma tendresse pour *notre fils* !..

— Sir Sydney... vous aimerez toujours Robert !..

— Si je l'aimerai !... mais je n'ai que lui pour redire mon nom quand je ne serai plus... mais c'est mon enfant, mon héritier ! Laisse faire au temps, et tu seras mille fois heureuse d'être sa mère. »

Mme Bassan saisit la main de sir Sidney et y porta ses lèvres ; le gentleman fut au moment de se rappeler qu'il avait près de lui la mère de son fils, il fit le geste de l'attirer vers lui pour l'embrasser, mais, réprimant ce mouvement, il l'écarta doucement et en rougissant :

« Madame Bassan, nous sommes dans la chambre de Mme Sydney... laissez-moi seul, et recommandez à votre mari de ménager un peu les noirs ; il y en a seize de malades des suites du fouet ; il est sévère, c'est un bien, mais il ne faut pas être cruel. »

Le *maître* était revenu avec ces derniers mots ; la mère de Robert n'était plus que la femme de charge de sir Sidney.

Plusieurs fois, pendant la journée, Mme Bassan s'approcha de son mari et chercha à surprendre la nature de ce grand projet qui touchait au moment de sa manifestation ; mais Bassan lui-même, qui, seul, aurait agi sans hésitation, tout empêtré dans les liens de son association forcée, tout inquiet sur le premier effet des moyens d'action de Tarroux, presque irrésolu au moment de porter une main criminelle sur le trésor de sir Sydney, n'était pas en disposition de se laisser pénétrer par sa femme. Il ne lui répondait pas ou ne lui parlait que rudement ; il allait et venait dans l'habitation, parcourait le *village* des esclaves, du regard et de la voix consultait chaque noir, comme pour deviner le sort qu'il pourrait en attendre dans le cas d'un coup de main trop hardi ou trop difficile.

Aux premières brumes du soir, il allait sortir de la grande sucrerie déjà éclairée par les lanternes, lorsque, sur le seuil de la porte, il vit Tarroux, une épaule appuyée sur le pieux qui servait de chambranle.

« Imprudent ! vous venez jusqu'ici !

— Cela m'intéresse beaucoup de voir faire du sucre !

— Mais voilà quatre-vingts noirs qui diront vous avoir vu !...

— A qui le diront-ils ?... Ne perdons pas de temps en frayeurs de bonnes d'enfants, il y a une grande besogne à faire... Il y a une carriole à cinquante pas de la maison de sir Sydney... j'ai pris passage sur un *lougre* qui fait route pour l'Espagne.... A quelle heure se couchent les maîtres !

— A dix heures.

— Dans deux heures ils dormiront .. Combien de valets dans l'intérieur ?

— Cinq.

— Un homme de garde !

— Non ; les rondes se font seulement sur l'habitation.

— Votre femme est prévenue ?...

— Elle est disposée à tout savoir.

— Ainsi elle ne nous gênera pas... N'avez-vous pas une nièce ici ?

— Oui.

— Il sera indispensable que, pendant l'*action*, votre femme se rende avec cette enfant à la carriole... Vous connaissez les cachettes ?

— Le trésor et les diamants dans la chambre à coucher.

— Ah ça ! voyons, Bassan, finissons nos cérémonies et notre conversation de catéchisme, par demande et par réponse ; tout cela sent la défiance d'une lieue, et il n'en faut pas entre

nous... Les millionnaires sont comme les gen-
tilshommes, ils sont tous parents entre eux...
Traitons-nous en bons parents, et, je t'en prie,
ne me montre pas une mine allongée, ou je croirai
que tu n'as de si longs bras que pour étouffer
ton ami Tarroux.

— Vos projets, Tarroux ?

— Mon protocole ne te va pas, monsieur Bassan, à ton aise... Mes projets ? tout uniment
arriver à la chambre des époux...

— Elle est fermée la nuit...

— Ta femme a les petites entrées, elle fera
ouvrir sous un prétexte d'urgence .. et si nous
échouons dans ce petit moyen, je dirai le reste
le moment venu... »

Mme Bassan arrivait auprès des causeurs ;
elle s'arrêta stupéfaite en face de cet homme
qu'elle n'avait jamais vu.

— Je vous présente Mme Bassan, mon cher
monsieur ; depuis ce matin elle ne me quitte pas

plus que mon ombre, tant elle a de presse
d'être une riche dame... Écoutez-moi, ma
femme, l'instant est venu de vous montrer
docile épouse; vous allez bien m'écouter et
agirez comme je vous dirai... Regagnons l'habitation.

— Non, — dit Tarroux, — non, attendons
l'heure du sommeil; tous les noirs n'ont pas
quitté la sucrerie...

— Mais il ne reste que les hommes de garde
aux fourneaux, — répliqua Bassan.

— J'ai la plus petite part dans le partage, je
demande la plus forte tâche dans l'œuvre : la
direction des opérations... et désormais du
calme, du sang-froid... Savez-vous, madame,
que depuis vingt ans j'ai l'avantage d'être lié
avec monsieur votre mari; je ne l'ai pas trouvé
vieilli d'une ride.

— Mais que va-t-il se passer? » — demanda
Mme Bassan en regardant Tarroux et son
mari.

Bassan était très-pâle; Tarroux, dont la complexion frêle avait besoin d'être surexcitée pour répondre aux agitations de sa pensée, gesticulait et parlait beaucoup : il avait le visage couvert de sueur.

A la question de Mme Bassan, il partit d'un éclat de rire et répondit sans hésiter :

« Nous allons faire de la besogne pour le bourreau ! » Et aussitôt, tirant un sifflet de sa poche, il lança dans l'air deux coups de sifflet qui auraient dominé tous les cris de la tempête.

Mme Bassan se jeta en arrière, épouvantée.

« Êtes-vous fou ! — s'écria Bassan.

— Écoutez ! » — répliqua Tarroux en prêtant l'oreille et appuyant sa main sur l'avant-bras de son associé.

Près d'une minute s'écoula, et deux gémissements de hibou répondirent à une distance très-éloignée.

« Maintenant, agissons ! » — dit Tarroux en

marchant devant comme s'il eût dû montrer le chemin.

Les deux époux le suivirent comme entraînés par la force magnétique ; mais Bassan, tout pénétré de l'acte qui allait se commettre, arrangeait froidement dans son esprit les incidents de l'exécution et préparait la destruction de son complice.

Quand ils arrivèrent dans la cour de la maison du maître :

« J'ai le gosier desséché, — dit Bassan.

— Je meurs de soif, — dit Tarroux.

— Ma femme, tenez compagnie à monsieur ; il doit y avoir du lait dans la réserve de la petite laiterie... j'en boirai, ma foi, une pinte... Je vous en apporterai, Tarroux, cela vous humanisera. . »

Dès qu'il se fut éloigné, Mme Bassan se jeta sur les mains de Tarroux et lui dit avec angoisse :

« Monsieur, mon mari me fait encore plus peur que vous !... je n'ose l'interroger... Je commence à comprendre le crime qui va se commettre : il s'agit du trésor de sir Sydney... *Un coffret ouvert fait pécher le juste même*, je sais cela... des millions sous les yeux de pauvres gens, et la vertu fléchit... Mais, au nom du ciel ! pas de sang !... vous ne tuerez personne !...

— Buvez, mon ami, — dit Bassan à distance, parce qu'il entendait la voix de sa femme, — buvez, j'ai eu le courage de vous en laisser, et cependant je me mourais de soif !... »

Tarroux prit la tasse qui était pleine et but d'un trait une potion préparée avec le suc blanc de *l'ouisoccaw* : il buvait, ensemble, la folie et la mort !

« Maintenant, montons, — reprit Bassan qui semblait respirer plus librement et prendre le commandement dans cette horrible attaque. — Cette petite lueur que vous voyez, Tarroux, c'est une veilleuse... je sais les aménagements

II.   5

de la maison. Tout le service est éloigné ; le
voisinage seul de la femme de chambre était
à craindre, ma femme l'a envoyée ce matin passer vingt-quatre heures à Norfolk, chez sa mère...
Madame Bassan, vous allez frapper du doigt à
la porte du petit salon qui sépare de la chambre
à coucher, et vous demanderez du secours pour
moi qui suis au plus mal...

— Comment ! monsieur Bassan, c'est de moi
que vous vous servez ?...

— C'est moi qui vous tue si, à ce moment
suprême, vous dites un mot et faites un geste
qui dérange nos projets !... Le sang versé le serait par votre maladresse, il retomberait sur
vous ! »

Mme Bassan, dont l'effroi allait jusqu'au remords, monta la première, et comme on le lui
ordonnait, fit l'appel du doigt.

La femme de sir Sydney demanda :

« Qui est là ? »

Et sur la réponse, telle qu'elle avait été convenue entre les assassins, elle ouvrit.

Tarroux la renversa d'un coup de stylet adressé si juste au cœur que sans le bruit de sa chute, le gémissement bref qu'elle poussa aurait pu paraître seulement une exclamation de surprise. Bassan s'élança en avant et se trouva face à face avec sir Sydney... La lutte ne fut pas longue : le maître était désarmé.

Dans cette scène, dont la rapidité ne laissait le temps à aucune réflexion, Mme Bassan devait perdre mille fois le sentiment, terrassée par l'horreur et l'épouvante, mais un puissant instinct la tint droite et ferme au milieu de ces assassinats. Elle courut dans la chambre de ses maîtres et se plaça devant la porte d'une petite chambre où deux berceaux étaient placés.

L'un des enfants, c'était la nièce de Bassan, c'était Laure-Antoinette, ne dormait pas. Elle venait, effrayée par le bruit, de se mettre à genoux sur son lit.

« Il y a un héritier, — dit Tarroux.

— Non, — cria Mme Bassan, — il n'hérite pas.

— Il est *reconnu*, il a une part d'enfant natu-rel, le droit de nous poursuivre et de venger son père... — répondit Bassan.

— Qu'il meure ! — s'écria Tarroux en agitant son stylet.

— Le voici! » — cria Mme Bassan hors d'elle en désignant à Tarroux Laure-Antoinette.

Son mari lui asséna un soufflet qui la couvrit de sang et la renversa de côté... il éteignit la lampe... et deux cris perçants partirent de la petite chambre.

« Tarroux, je tiens le coffre... passez cette boîte d'armes à Mme Bassan, les diamants y sont... éclairez la marche, partons !

— Aux lueurs du feu ! — s'écria Tarroux avec un désordre inexprimable dans la voix.

— Le feu !

— J'ai fait incendier le village, la sucrerie et cette maison... pour ajouter au trouble et élargir les soupçons!... » répondit Tarroux.

Ils descendirent tous trois, Tarroux le premier.

Bassan venait de s'emparer du fusil de garde de sir Sydney, il prit sa nièce dans un de ses bras, traîna sa femme de l'autre; une de ses mains tenait à la fois le coffre et le fusil; Mme Bassan tenait machinalement la boîte d'armes.

La fuite de ce groupe funeste se fit pendant quelques minutes sans que personne vînt à sa rencontre; mais le vertige s'emparait de Tarroux. En entrant dans un petit bois au côté nord de l'habitation et dans la direction de la sucrerie, il poussa tout en courant çà et là des cris affreux.

Aux lueurs croissantes de l'incendie, Bassan vit des noirs s'approcher; il lança le coffre dans un fourré, arracha la boîte d'armes des mains de sa femme, la jeta sur la route ; puis, déposant à terre sa nièce évanouie, il arma le fusil, en criant : *A l'assassin*! et, à soixante pas, lâcha les deux coups sur Tarroux.

Histoire rétrospective

(LA FUITE).

IV.

C'est sous les yeux des noirs appelés par l'incendie que Bassan fit cette démonstration significative contre Tarroux; il montra la boîte d'armes laissée sur le chemin; il prononça des mots sans suite, expression du désordre et de la douleur, et sa sollicitude pour sa petite nièce

évanouie, pour sa femme, demi-morte d'épouvante, furent autant d'indices recueillis par les
témoins de cette scène de désolation.

Plusieurs bras venaient d'agir, cela n'était pas
douteux ; les deux gémissements du hibou, qui
avaient répondu au coup de sifflet de Tarroux,
n'avaient pu être que la réponse à ce signal, et
le feu, éclatant à plusieurs endroits, dans le
même moment, indiquait suffisamment une complicité organisée.

Les magistrats de Norfolk vinrent au jour reconnaître ce sinistre. L'incendie leur avait en-
levé la possibilité d'une enquête minutieuse ; il
avait effacé la trace des pas des criminels, car
la maison de sir Sydney, tout en bois, enjolivée
sur ses quatre faces par des peintures à l'huile,
avait servi d'aliment à la flamme ; il fallut chercher long-temps au milieu de ses débris en char-
bons les restes calcinés des trois corps tombés
sous le poignard.

Plus de cent noirs déclarèrent avoir entendu
le *régisseur de l'habitation* crier : *A l'assassin !*

sur un homme qui fuyait, l'avoir vu tirer deux coups de fusil sur cet homme, et la complète disparition de ce dernier, dont on vit la trace sanglante pendant un demi-mille dans les bois, paraissant un renseignement d'une incontestable évidence, la justice du pays, pour ne pas irriter la population noire, au milieu de laquelle elle pensait pouvoir trouver les coupables, se tint pour impuissante à punir, par l'absence d'un criminel qui aurait déjà reçu son châtiment. Bassan avait sacrifié la boîte d'armes qui contenait les diamants; il déclara, lui, avoir vu l'homme en fuite la jeter pour ne pas, sans doute, embarrasser sa course.

Il résulta de la manière dont cette affaire fut judiciairement instruite, que les plus riches propriétaires de la contrée firent une quête pour subvenir aux premiers besoins des Bassan, réduits à l'indigence, et pour payer leur passage sur un bâtiment en partance pour la Havane.

Trois semaines s'écoulèrent entre la catastrophe de sir Sydney et le départ de ce bâti-

ment : Laure-Antoinette, qui n'était sortie de
son évanouissement que pour tomber dans les
accès d'une fièvre cérébrale, avait surtout inspiré un grand intérêt à une famille *Thomson*,
dont l'habitation était située aux portes de Norfolk ; l'attachement de mistriss Thomson pour
la pauvre petite malade fut tel, qu'en apprenant
le départ des époux Bassan, elle sollicita d'eux
de garder la petite *Laure-Antoinette*.

La nuit qui précéda le jour de son embarque-
ment, Bassan la passa entière loin de Norfolk.
A petite distance de cette ville, et comme il
commençait sa course, il fut appelé sur le bord
du chemin par un noir mendiant.

« Où est ta case, paresseux ?

— Case à moi, les morts s'y promènent...

— N'as-tu pas de maître, imbécile? es-tu mar-
ron ?...

— Maître à moi, chassé moi; puis, bon maître
brûlé... Moi, pauvre Clott!...

— Le jongleur? — demanda Bassan avec inquiétude et en se reculant du mendiant.

— Le jongleur, comme dit blanc.

— Un mauvais sujet!... un sorcier menteur?

— Qui enterre les morts...

— Que veux-tu dire?

— Moi, soigner blanc, blessé deux fois par deux balles; blanc être fou... Puis, moi l'enterrer sous un bananier dans les grands bois... là-bas! là-bas!...

— IL est mort! — s'écria Bassan avec explosion.

— Mort!...

— Tu as pansé ses blessures? tu l'as vu mourir?... tu l'as enterré de tes mains?...

— Et depuis, case à moi paraître livrée à l'enfer!... La nuit, moi voir des morts promener tout autour... moi sentir des mains glacées

qui touchent visage à moi, lorsque moi je dors!..
Moi chrétien; moi croire!.. Des âmes sont errantes dans nos bois; le bon prêtre n'a pas enterré leurs corps... »

Bassan jeta sur le tablier du noir mendiant
une petite pièce de monnaie et s'enfuit plus qu'il
ne s'éloigna. Au bout d'un quart d'heure et la
nuit venue, il entendit distinctement, à une
distance lointaine, deux longs gémissements du
hibou. Le meurtrier de Sydney, du petit Robert,
le complice de Tarroux, s'arrêta tremblant,
effrayé; une sueur froide monta à son front;
mais une pensée d'une puissance surhumaine
traversa son esprit : « *Deux millions huit cent
mille francs* sont là-bas, dans une savane! L'o-
pulence pour ma vie entière!... »

Le lendemain matin, quand il revint au pauvre gîte qu'il s'était choisi dans Norfolk, il était
vieilli de dix ans : ses cheveux avaient blanchi;
son visage, extrêmement pâli, portait l'empreinte d'une altération maladive.

Mme Bassan, sans idée, sans émotion, muette,

inattentive, presque idiote depuis la nuit du
19 octobre, remarqua cependant le pénible
changement qui s'était opéré chez son mari.

« Ah! c'est que vous ne savez pas tout ce que
j'avais enfoui d'inquiétudes en mon âme depuis
trois semaines!... vous ne savez pas quel surna-
turel effort de volonté il m'a fallu pour ne pas
trahir par des cris d'angoisse et d'attente cette
idée : *Ma cachette est-elle découverte?*... Et cette
nuit, bravant les ombres qui voltigeaient san-
glantes autour de moi, étourdissant ma raison
qu'opprimaient des souvenirs épouvantables,
surmontant une influence mystérieuse qui jetait
des lueurs étranges et errantes sur mes pas,
inattentif à des cris de hibou dont les plaintes
n'étaient pas celles de l'oiseau de la nuit, mais
d'une voix humaine!... cette nuit, madame Bassan, je suis allé tomber demi-mort, déchiré
comme par des ongles de bêtes féroces, aveuglé
par tous les vertiges, sur le tronc renversé d'un
cocotier, et sous ce tronc : *deux millions huit*

cent mille francs, entendez-vous bien !... Me les avait-on VOLÉS ?... je serais mort sur la place si ce fer de bêche n'eût rencontré que de la terre... et il a rencontré ceci !... ceci ! ma femme !... ceci, deux millions huit cent mille francs ! et à peine ce paquet dans mes mains, j'ai fui à briser mes jambes ! Il me semblait que des pas piétinaient sur mes pas !... qu'une main bien lourde pesait sur mon épaule ! que de mes doigts contractés glissait le paquet ! Le vent dans les arbres, le sable sous mes pieds, les feuilles, les ronces desséchées que je broyais en courant... tout cela me faisait un bruit qui ressemblait à des voix plaintives... Voilà pourquoi, madame Bassan, vous me trouvez vieilli ce matin... Un autre y serait mort !... Et moi, ma femme, ma chère femme, moi, je suis millionnaire..... Silence !... »

Il n'y a pas à insister sur des détails qui n'appartiennent qu'au passé, à l'avant-scène du drame qui se passe à Rouge-Bourse.

Bassan, abandonnant à une amitié étrangère Laure-Antoinette, la fille de son frère, partit pour la Havane.

Mais la peur d'être pris en flagrant délit d'opulence, mais une avarice née de la *difficulté d'obtenir* et de conserver, changèrent à pire l'esprit de Bassan. Les promesses de soie et d'or qu'il avait faites à sa femme étaient oubliées ; chaque jour apportait dans son humeur une sauvagerie pleine de bizarrerie et de méchanceté ; il vivait tristement, pauvrement, de façon à détourner toute interprétation si un regard inquisiteur eût pu le suivre par-delà les mers. Pour ajouter à sa rudesse croissante, de lamentables scènes avaient lieu fréquemment entre les époux.

Mme Bassan ne demandait pas seulement une aisance, une richesse qu'elle avait espérées et qu'elle savait être sous l'oreiller de sa couche, des regrets d'une nature plus grave lui échappaient fréquemment... des gémissements, des sanglots, des pleurs, indiquaient à chaque instant du jour qu'un grand désespoir avait pris

II.   6

place dans son âme ; seule, elle laissait échapper des cris de détresse, de remords et d'horreur :

« Robert!... mon enfant!... mes pauvres maîtres!... comme il les ont tués!... »

Son mari la surprit un jour dans une de ces crises :

« Taisez-vous, voleuse! — lui cria-t-il en la renversant à ses pieds; — taisez-vous, insigne voleuse, qui traitez de scélérats des gens qui n'entraient que par vous et avec vous!... »

Depuis ce temps, plus rien ne fut dit sur cette catastrophe entre Bassan et sa femme : ils échangeaient dans leur mésintelligence toujours croissante des demi-mots qui pouvaient être une allusion terrible à la nuit du 19 octobre, mais ils s'en tenaient là. Un supplice nouveau entre tous les supplices d'invention humaine leur était infligé par leurs propres sentiments : ils se haïssaient l'un l'autre; la femme avait voulu les jouissances de la fortune, elle était réduite à la vie pauvre ; elle avait aimé de l'amour d'une mère, et bien qu'elle pensât n'avoir auprès d'elle que le complice de l'assassin du petit Robert, elle se rappelait bien ces mots prononcés par Bassan et qui avaient porté la mort : *Il a une part d'enfant naturel, le droit de nous poursuivre...* Quant à Bassan, il n'avait abordé le meurtre que par l'occasion offerte de monter, en un instant, à la haute indépendance de la richesse ; puis, le coup fait, — saisi par la peur des lois, il avait caché soigneusement son trésor sous les apparences de la pauvreté, et la peur de le perdre par le vol ajoutant à celle de le perdre par la mort, il usait péniblement sa vie sous l'accablante étreinte de toutes ces angoisses dont la présence de sa femme lui complétait la souffrance.

Neuf ans se passèrent ainsi !

Enfin il y eut un jour où Bassan, attaché par la solidarité d'un crime à cette épouse qu'il détestait, à qui il faisait horreur, résolut du moins de changer d'air, de revoir la France, et là,

protégé par la distance de plusieurs mille lieues,
par l'oubli que suscitent les années, de donner
à son existence un confortable, une ampleur qui
pouvait rompre, briser, anéantir les souvenirs
de ses rêves, de ses insomnies ; il annonça à sa
femme leur départ.

Arrivés en France, ils séjournèrent cinq jours
seulement au Hàvre : les *Petites-Affiches* de
Paris lui ayant appris la vente d'un vieux château près de la Ferté-sous-Jouarre, il y arriva
moins de huit jours après cet avis.

L'acquisition de Rouge-Bourse terminée,
l'acte de vente en ses mains, le notaire payé, on
avait demandé à l'acquéreur de *Rouge-Bourse*
s'il n'était pas l'allié d'une centenaire habitant
la Ferté et du nom de Bassan ? — La question
lui avait causé un foudroiement intérieur, mais,
après un demi-temps, il avait répondu sèche-
ment NON, n'avait plus jamais reparlé de ce
hasard fatal, et s'était dit, en prenant posses-
sion de son château : « Allons, Bassan, encore

un peu de pauvreté!... laisse mourir la centenaire!... »

C'était là Bassan !

C'était là une partie du passé des maîtres de
Rouge-Bourse !

Après le baiser.

V.

Si l'on comprend un peu les mystères de la physiologie humaine, on appréciera quel rapide développement dut avoir, dans l'esprit de Bassan, cette pensée honteuse et vraiment furibonde : *son amour pour sa nièce !* Cet homme, aux appétits physiques pleins d'énergie, avait vieilli sans jouissances et comme blotti sous le plancher de l'échafaud, pour ne pas être aperçu par le bourreau, qui le cherchait peut-être !... Depuis onze ans, il n'avait fait que craindre et haïr !

Cohabitez avec des natures triviales, infimes et méchantes, vous vous revêtirez, sans vous en douter, sans l'avoir voulu d'abord, de leurs habitudes, de leurs vices ; vivez, contraint et forcé même, avec deux mauvais sentiments, vous agirez bientôt comme l'indiquent les inspirations qu'ils peuvent donner. La vieillesse extérieurement anticipée de Bassan avait laissé au fond de son âme immonde un foyer dont la chaleur aurait pu servir d'aliment à la plus active jeunesse : ce foyer couvait sous la cendre empestée des mauvaises actions qui avaient rempli sa vie, mais l'influence d'une jeune fille y faisait pénétrer un jour, une étincelle... et Bassan redevenait jeune pour suffire aux exigences d'un nouveau crime !

Après que l'oncle d'Antoinette se fut éloigné, intimidé par le cri que venait d'arracher à sa nièce son lascif baiser, la fiancée, *devant Dieu*, de Louis Solmignac, saisit *son amulette*, *son talisman*, le signe visible du plus cher de ses souvenirs, du plus puissant de ses appuis, et embrassant la lettre du marin avec une passion dont le noble amour épure l'ardeur : « Mon Solmignac bien aimé !... j'ai honte devant ton adorée image !... On vient de souiller mes lèvres... on vient d'outrager ton droit et nos serments !... Etoile radieuse et pure qui brille sans cesse au lointain de l'horizon de ma vie, rapproche-toi !... viens, mystérieuse influence qui fait ma gloire et mon espérance, viens caresser mon visage, effacer de ma chair cette empreinte qui soulève mon cœur et ma raison !... Noble ami, j'y pense toujours à ce moment où, sur les bords de la rivière l'Élysabeth, tu as voulu, par un baiser, laisser dans mon âme la sensation durable de ton amour !... A ce moment, je t'ai crié : *Dieu brûle ma bouche du feu éternel si jamais j'oublie que j'ai juré de t'aimer !...* Je ne sais ce que veut ce vieillard, mais Dieu me donne la

force de me tuer si jamais il ose encore insulter
ta pauvre Laure-Antoinette !... »

Cette prière, ces mots adressés au milieu des
larmes à l'être absent, rendirent à Antoinette
du calme et de la force.

Le lendemain, inquiète, indécise sur la manière dont il fallait qu'elle se conformât au nouveau sort qui paraissait lui être fait dans Rouge-
Bourse, elle se rendit à son lever auprès de sa
tante et lui demanda avec un tendre empressement de lui indiquer des soins à remplir dans la
maison.

« Si ce qui se passe doit avoir de la suite, —
répondit gravement Mme Bassan, — votre tâche, ma nièce, sera bien assez importante pour
que je ne vous ordonne pas autre chose...
M. Bassan marche à une fin prochaine, si j'en
juge par l'exaltation qui le saisit inopinément... Sa
folie se tourne vers vous; et, je ne sais par quelle
bizarrerie, elle s'affuble de bons soins et d'hu-
manité; profitons-en toutes deux .. Si mon lit

n'est qu'un vilain fauteuil, le ciel de mon alcôve un grand manteau de cheminée où se promènent de hideuses araignées, et si tu couches désormais sur le duvet et sous la soie, je ne t'en veux pas, mon enfant : mon lit, c'est *un vœu !* ce vœu portera bonheur à mes derniers moments... Ton lit, c'est un caprice d'insensé que d'un moment à l'autre va tuer une folie réelle ou un coup de sang. Attendons. »

Ces terribles paroles, qui rentraient si positivement dans la logique des évènements concernant les Bassan, ne pouvaient avoir qu'un sens obscur pour Antoinette. Son oncle vint jeter une lueur de plus dans le vague de ses idées. Il arrivait de la Ferté-sous-Jouarre, où on ne l'avait pas vu depuis long-temps. Il portait un paquet assez volumineux, et le jetant sur la grande table de la cuisine, il dit avec gaîté :

« Ces meuliers de la Ferté me regardaient vraiment comme un ours échappé de sa cage ! Il n'y a pas une commère qui ne soit venue sur

sa porte pour regarder le seigneur de Rouge-
Bourse!... J'ai donc l'air bien sauvage?...
Qu'en penses-tu, petite nièce; me trouves-tu
bien laid?... Ce n'est pas en baissant les yeux
que tu pourras juger des mérites de ton oncle...
Bah! on s'habitue à tout!... Tu verras, tu seras
tout étonnée, avant qu'il soit huit jours, de voir
dans le vieux Bassan un monsieur digne d'attention; je n'ai qu'à me rafistoler la toilette, qu'à
tenir ma taille et brosser mes cheveux, pour va-
loir ces criquets qui portent des gants... Quant
à toi, mon enfant, il ne faut qu'une fleur à ton
corsage pour te donner l'air d'une jeune mariée;
mais c'est égal, tous les yeux ne sont pas préve-
nus comme les miens, et je veux qu'on puisse
dire : « La demoiselle de Rouge-Bourse avait
une bien jolie robe! un bien joli bonnet! »
Tiens, emporte ce paquet dans ta chambre...
Avec une aiguille et du fil, et Mme Bassan t'y
aidant, tu trouveras là dedans de quoi t'habiller
en *femme* d'adjoint... Eh bien! à qui est-ce que

je parle ? Crains-tu que ce ne soit trop lourd ? je vais le porter.

— Non, mon oncle, non, » se hâta de répondre Antoinette en prenant dans ses bras le cadeau de Bassan.

Mme Bassan, assise dans le coin de la cheminée, suivait comme hébêtée la pantomime et les paroles de son mari :

« Est-ce que c'est vrai ce que je viens d'entendre ? — dit-elle avec stupeur. — Est-ce que vous allez en effet faire de votre nièce une demoiselle dont je serai la servante ?

— Pas autre chose, madame Bassan.

— Et vous ne vous sentez de mal nulle part, monsieur Bassan ? vous n'éprouvez à la tête aucune douleur étrange ?

— Aucune...

— Tant pis ! » répondit la dame d'une voix nette et profonde.

« Sainte Notre-Dame-des-Guenilles , priez
pour moi! » — dit Bassan en adressant à sa femme
un de ces regards de colère calme et dédai-
gneuse qu'il avait tant de fois traduits par ces
mots : *Sans mon dégoût, je vous étoufferais.*

Puis il s'éloigna pour ne pas être distrait, par
la dispute avec l'être qu'il haïssait, du sentiment
de joie étrange et d'intime espoir que lui inspi-
rait Antoinette.

Il alla passer sous la fenêtre de la chambre de
sa nièce, renversa une caisse d'arbuste mort
depuis long-temps, — comme tout ce qui avait
besoin de soins dans Rouge-Bourse, — monta
sur cette caisse et contempla avec une satisfaction, sans interprétation possible, la jeune fille
droite devant le vieux guéridon qui ornait sa
chambre et regardant ce paquet d'étoffes dont
il lui fallait faire pour elle-même des robes *de
demoiselle.*

La forte tête de son oncle fit ombre dans le
jour de la croisée ; elle tourna les yeux de ce
côté, tressaillit, et, involontairement, fit un bond

en arrière pour ne plus se trouver en vue.

« Tant mieux, — pensa Bassan en descendant de son *estrade* et s'éloignant à pas lents, — tant mieux ; ces giries de femme, ces *hélas!* ces petits bonds de côté, tout cela n'est pas de mauvais augure... Elle est, ma foi! trop mignonne pour que je ne sache pas acheter un de ses doux regards par une centaine de rebuffades et de petites colères... Animal que j'étais! je rudoyais cette petite sans m'être aperçu de tout ce qu'il y a de gentil en elle!... Ah! monsieur le comte de Sussy, il vous faut pour rêvasser dans votre *chaumière* des demoiselles Bassan!... Merci à vous, mon brave homme; j'avais une cataracte sur chaque œil; vous êtes oculiste, vous me l'avez enlevée!... Laissons venir tout doucement un ou deux petits évènements que je mitonne — et les fleurs du printemps; et de la petite mendiante de Norfolk, de la petite vachère de Rouge-Bourse, j'aurai fait la secrète compagne du pauvre Bassan!... Un bouquet de fleurs, mordieu !

7

à la boutonnière d'un vieux, ne perd pas plus
vite son parfum qu'à la boutonnière d'un gode-
lureau de vingt ans !... et je te conserverai, douce
fleur de myrte, comme l'avare conserve son
or ! .. Chère belle, elle était tout ébahie de mon
premier cadeau; elle me croit avare... moi, miséricorde!... mais je n'ai tant fait pour posséder
un trésor que pour réaliser, fût-ce la durée
d'un jour, la féerie de l'existence royale !....
Avare ! moi ! Qu'on me laisse étouffer ma femme
dans une statue d'or, et je fais couler deux millions sur ce moule hideux!... Mais si je m'avise
de dire : *J'ai cent cinquante mille livres de rente*,
il se dressera tout-à-coup devant moi, je ne sais
qui, un mort ou un juge qui me demandera :
D'où tiens-tu cela?... »

Il arrêta sur ces mots le mouvement rapide
de ses idées; il crispa ses mains, soupira, et reprit avec lui-même :

« La centenaire ne peut traîner long-temps
et elle est en enfance..., mais Tarroux, où

est-il ?... Tarroux ! Un vœu, mon Dieu ! un vœu !
Cent mille francs pour l'ornement de la pauvre
église de Tanqueue, si la Marne me remonte le
corps de ce misérable !... Dans ces rêves qui me
viennent comme aux jours de mes plus jeunes années, quand ma chambre me paraît tendue en soie
et mousseline, quand j'aperçois sur un lit où je vais
entrer victorieux, cette petite aux chairs si belles, aux formes si voluptueuses ; lorsque le transport fait courir mon sang dans mes veines et
centuple l'énergie de mes sensations, ce n'est
pas la résistance de cette enfant qui m'éveille,
c'est la figure de Tarroux qui apparaît à mon
chevet !... »

Cette dernière idée mit fin à la rêverie de
Bassan ; il rentra en lui-même, et un instant refroidi, il comprit le néant de tous ces espoirs
qui fermentaient en son esprit devenu malade ;
il apprécia l'affreux danger que lui offrait cette
voie dans laquelle il marchait...à quel point sau-
terait la mine qu'infailliblement Tarroux creu-

sait sous ses pas! Au moment le plus critique de
ses réflexions qui touchaient à la vérité, il vit
s'avancer au-devant de lui, dans l'allée, son voisin, le comte de Sussy.

« Bonjour, mon cher monsieur Bassan...
vous ne vous attendiez pas à ma visite? vous
vous attendez encore moins à son motif... La
gelée pince un peu, il y a de la glace sur les
étangs, c'est un bon temps pour danser...

— Eh bien! monsieur le comte?

— Eh bien! mon cher monsieur Bassan, il
m'est venu la fantaisie de profiter des commu-
nications rendues faciles par la gelée, et de
donner une petite fête à tout ce qui porte un
habit propre et une figure humaine à deux lieues
à la ronde...

— Vous n'aurez pas beaucoup de monde...

— Oh! que si, les meules de la Ferté dan-
sent comme des sylphides, quand elles sont

parées et couronnées de fleurs... Vous verrez
cela !

— Moi, monsieur le comte?

— Sans doute, vous, mon voisin ; je ne suis
venu à Rouge Bourse que pour vous en parler...
Ce m'est une bonne occasion d'empêcher qu'il
y ait la moindre mésintelligence entre nous,
par suite du changement de projets concernant
votre nièce...

— A Dieu ne plaise que je m'en plaigne,
monsieur le comte !... je trouve tout naturel que
l'on y regarde à deux fois avant que d'introduire
chez soi une étrangère. D'ailleurs, ma nièce ne
m'est nullement à charge...

— On m'a dit même que vous vous huma-
nisiez un peu pour elle?...

— Comment! — demanda Bassan avec inquiétude.

— Oui, j'ai su que ce matin vous aviez fait quelques emplettes à la Ferté pour robes et falbalas...

— Comment! ils vous ont déjà dit cela?...

— Vous allez voir que le propriétaire de Rouge-Bourse va paraître dans la Ferté sans y faire évènement; qu'il va acheter de la soie et des dentelles *en point de meulières*, sans que toute la ville en soit informée!... C'est la première chose que l'on a dite à mon valet de pied quand il est allé à la poste ce matin... J'ai trouvé convenable d'ajouter à ce premier plaisir de votre charmante nièce par le plaisir d'un bal... Allons, papa Bassan, faites-vous aimable; que diable! les grands parents ne sont pas des ours!... Je vous laisse venir, si vous ne voulez pas changer vos manies, tel que vous êtes là, en culotte de nankin, bas chinés, votre grande redingote couleur tabac d'Espagne, votre cravate rouge... quoique le tout me paraisse bizarre...

mais ne vous gênez pas, pourvu que la fleur de Rouge-Bourse paraisse aux lumières d'une fête !...

— Pardieu ! monsieur le comte, vous avez vos fantaisies, j'aurai les miennes !... J'accepte votre invitation et je ne serai pas fâché que l'on juge du sang des Bassan par la gentille figure de ma nièce...

— Qu'a-t-il donc bu, ce vilain pandour? — pensa le comte en regardant Bassan ; — je lui trouve un air tout égrillard.

— Quel jour est votre fête ?

— Nous avons tout le temps d'y penser... dans douze jours... le baromètre tiendra la gelée, et vous, vous me tiendrez parole...

— Vous pouvez y compter.

— Comment se porte Mme Bassan ?... je l'ai aperçue tout-à-l'heure conduisant sa vache noire.

— Heu! Mme Bassan se fait vieillote par tem-
pérament !... elle use son vieux linge et ses
vieux sabots...

— Oui... cela m'a semblé ainsi... Je ne vous
en parle pas pour notre soirée, je crois qu'elle
préfère garder la maison...

— Mme Bassan au bal ! — s'écria Bassan en
laissant partir un éclat de rire de méchanceté.
— Gardez-la pour la mettre sur vos cerisiers, si
vous tenez à défendre vos cerises contre les
oiseaux, à la bonne heure !

— Eh bien ! mon compère, la dame a dû être
jolie...

— Je n'en sais rien.

— Bah ! vous l'avez bien su, une fois par
hasard, du samedi au dimanche...

— Je l'ai oublié... car, comme on peut choisir ses souvenirs, je ne vais jamais chercher
celui-là.

— A votre aise, voisin... Autant que possible, en ce monde, ne faire que ce qui plaît; et c'est ce qui m'a déterminé à vous adresser mon invitation...

— Acceptée, monsieur le comte...

— J'ai eu vraiment une merveilleuse idée! — pensait M. de Sussy en s'éloignant de Rouge-Bourse. — Le Bassan nous fera rire, et quant à sa jolie nièce... ou le magnétisme est un mensonge, ou je parviendrai à tourmenter, fût-ce à distance, ses beaux yeux et son petit cœur!

. — Oh! circonstance miraculeuse, — pensait Bassan en se ranimant, en retournant à sa folle idée,—un bal! Antoinette sous l'influence d'un plaisir qu'elle me devra... se voyant belle!... se l'entendant dire; Antoinette aux lumières d'un salon! ma petite idole, toute parée!... Ah! oui, parée!... Ah! tu ricanes, monsieur le comte?... tu te moques de la pauvre fille attifée de *dentelles en point de meulières*... je vais te faire

juger de la toilette d'une Bassan, quand Bassan
fouille sous son oreiller!... »

Il y avait là tout un poème qui commençait
dans une tête devenue poétique. Le vieux propriétaire de Rouge-Bourse aurait battu les buis
sons avec sa houssine, tant sa joie le rendait vif
et léger dans son allure.

Il saisit avec une intention si prompte et si
ferme la pensée de conduire Laure-Antoinette
au bal chez le comte de Sussy, que ce qui, de sa
part, ne pouvait qu'être une extravagance, il le
résolut avec la précipitation d'un jeune homme.

« Madame Bassan, — dit-il à sa femme en
rentrant aussitôt dans la maison, — avez-vous
des commissions?

— Moi, monsieur?

— Vous n'avez pas d'emplettes à faire, de
joujoux à acheter?... Je vais à Paris...

— Vous allez?...

— A Paris.

— Qu'est-il donc arrivé !

— Que je veux voir Paris.

— Décidément la tête déménage, — pensa la dame Bassan ; — puis une peur la saisit :

— Mais, monsieur Bassan, si vous allez à Paris, ne craignez-vous rien ?... Ne peut-il arriver tel funeste hasard qui soulève le crêpe noir étendu sur onze années de notre existence ?... N'êtes-vous pas la dupe de quelque complot préparé par cet homme qui a passé par Rouge-Bourse comme l'ombre fatale d'un mort qui veut se venger ?... Puis-je rester gardienne du trésor ?...

— Du tout, je l'emporte.

— Mais si c'est justement ce qu'on espère ! Si, attiré dans un piége, vous êtes dévalisé ?

— Bassan a de bons yeux et sera prudent.

— Comment, cela est vrai ; vous allez à Paris?...

— Je pars demain matin à six heures. J'ai

à vous recommander, madame Bassan, une grande prudence, un absolu silence!... Car, si, entraînée par cet amour du commérage qui anime toutes les femmes, vous vous avisez de faire une causette qui relie le présent au passé dans l'esprit de ma nièce, vous aurez à le regretter!... De plus, j'exige des bons traitements pour cette jeune fille qui n'a pas mérité de souffrir de nos haines, de nos épouvantes et de notre avarice... Vous aurez soin d'Antoinette!... Un mauvais procédé, et je vous châtie!... Qu'il lui arrive un malheur pendant mon absence, et vous aurez entendu ma dernière menace! Je vous brise la tête avec un de ces chenêts, sans me préoccuper même de la manière de vous enterrer...

— Nous aurons, l'un et l'autre, monsieur Bassan, bien de la peine à mourir dans notre lit! » répliqua la pauvre femme en se reculant sous le manteau de sa cheminée, — son habituelle retraite, quand elle voulait contraindre au silence, à l'impassibilité, sa peur ou sa colère.

Bassan à Paris.

VI.

Le propriétaire du château de Rouge-Bourse
avait réglé la dépense de sa femme à *vingt sous*
par jour ; chaque matin il jetait un franc sur la
table de la cuisine en sortant de sa chambre.
Lorsqu'il partit pour Paris, il déposa six francs
sans prononcer une seule parole ; la somme

qu'il laissait indiquait le nombre de jours qu'il devait être absent.

Alors même qu'un intérêt direct, personnel, s'inspirant de la dignité blessée ou de l'affection outragée, ne stimule pas la sagacité d'une femme, jamais une femme ne se laisse tromper sur le sens vrai des manifestations qui se font auprès d'elle à l'égard d'une autre femme ; elle en exagère plutôt l'intention, qu'elle n'est aveugle en sa présence.

Mme Bassan, il est inutile de le dire, était certes peu soucieuse des écarts que pouvait encore se permettre son mari ; mais confidente et victime de l'organisation la plus implacable, la plus inhumaine, la moins impressionnable, il lui était impossible de se laisser tromper à ce brusque changement dans la voix, dans le regard, dans les procédés de son mari. Bassan surmontant sa peur de paraître riche, oubliant son vœu de pauvreté, vœu dont la fidélité était garantie jusqu'à ces derniers temps par l'existence du couteau de la loi ; Bassan courant les emplettes, se montrant dans la Ferté-sous-Jouarre, se faisant tapissier, valet de chambre d'une petite fille qu'il avait voulu jeter sur la grande route! Mme Bassan l'avait bien compris, son mari était *amoureux*!

« En conservant cette jeune fille, — pensait-elle, — j'avais voulu me garantir contre un assassinat... Que peut-il arriver désormais?... mon but est-il rempli?... Oui, si je ne les gêne pas. »

Et le plan de conduite de cette triste créature se régla sur ce dernier mot : elle attendit un bien pour elle de cette *folie*, qui ne mord pas à demi sur les vieillards.

Antoinette éprouva le lendemain une sorte de bien-être en apprenant l'absence du maître de Rouge-Bourse : elle eut un maintien, avec sa tante, plein d'abandon et de gentillesse; elle se permit même des câlineries qui auraient pu rasséréner le visage de Mme Bassan.

« Si vous le voulez, chère tante, — dit-elle

II.   8

avec un ton de vraie demoiselle, uni à la plus
aimable ingénuité, — si vous le voulez, je vais
vous faire passer quelques jours dans un vrai
paradis !... Vous prendrez toutes les habitudes
qui vous conviennent; moi, pauvre fille, qui
cède à la préférence de mon oncle comme on
fléchit devant un châtiment, je prendrai, toute
heureuse, la place qui me convient; je cou-
cherai ici; vous, dans le grand lit; vous vous
dorloterez dans la grande chambre; je remplirai
tous les soins du ménage : dites, le voulez-
vous?... Soyons heureuses pendant quelques
instants, je vous supplie, ma tante : tandis que
nous pouvons penser, et parler et agir, comme
nous sentons et pensons, laissez-moi vous prouver que j'ai souffert de vos souffrances, que je
voudrais aimer ma tante comme une fille aime
sa mère !... Souriez-moi, dites-moi oui !... »

La longue infortune dépossède l'âme de ce
poli qui reflète les douces images; si la méchanceté vient ajouter à l'influence fatale de l'infor-

tune, toute affection, toute douce parole vien-
dront échouer contre les aspérités soulevées
par le malheur. Mme Bassan n'accepta pas ces
offres si naïves et si vraies ; tout ce qu'elle con-
sentit à faire, ce fut de cacher le sentiment réel
qui dictait sa réponse.

« Mon Dieu, ma pauvre enfant, tu voudrais
te donner bien du mal pour peu de chose... je
suis trop vieille pour te servir de poupée; un bon
lit pour reposer mon corps harassé, une
bonne table pour refaire mon estomac délabré, et une gentille nièce comme toi pour
femme de chambre, ne suffiraient pas à me faire
croire que ma vie s'écoule comme celle de tout
le monde ; le premier voyageur revenant de
Paris me chasserait de mon gîte d'emprunt, me
repousserait dans mon coin de cheminée...
Laissez-moi, ma nièce, laissez-moi ! profitez de
la fantaisie d'un vieux fou et comptez bien les
heures que vous accorde cette fantaisie ; M. Bassan est homme à vous faire envier la misère et

les souffrances de votre tante ! Laissez-moi, faites vos robes, ajustez vos colifichets et tâchez que je ne vous aperçoive que rarement.

— Ai-je mérité ces dures paroles? — dit Antoinette en pleurant.

— Ah ! voilà ! les cajoleries de M. Bassan vous rendent déjà exigeante ! « Tant que dure la vie « de chaque jour, tu as des haillons pour coli- « fichets, du pain bis pour brioche; et, la nuit, « des toiles d'araignée pour ciel de lit; et d'a- « troces insultes pour jaserie du coin du feu! « et moi, de mon droit de nièce en faveur, je « vais, pour m'amuser, changer cela la durée de « quelques heures; tu te croiras respectée, ai- « mée et choyée... de sorte qu'au retour de « mon oncle tu comprendras tout ce que vaut, « pauvre vieille, la protection de ta nièce!... » Merci, mon enfant, je te sais gré de tes inten- tions; mais, laisse-moi tranquille... va-t'en, *la demoiselle à M. Bassan !* »

Le sens de cette odieuse qualification échappa

à Laure-Antoinette; elle sortit de la cuisine, désolée, mais n'accusant pas trop sa tante qu'elle savait bien malheureuse.

C'est ainsi que commença le moment de liberté, de repos, donné aux habitantes de Rouge-Bourse pendant l'absence du maître.

Bassan, comme le serpent de l'Amérique du Nord, lorsque le premier rayon du soleil du printemps vient réchauffer sa tête engourdie, s'agitait de mille façons, roulait et déroulait en anneaux constricteurs ses idées ranimées, échauffées par ce rayon de soleil qui venait de tomber sur sa vieillesse.

Arrivé à Paris, deux projets inspirèrent son activité : les emplettes pour sa nièce et pour lui-même, la destruction de *Tarroux* à tout prix! Dans le pêle-mêle de la grande ville, la disparition d'un homme ne tenant à rien qu'à la chaîne mal limée du bagne, ne pouvait être remarquée, et Bassan comprenait judicieusement que le droit de vengeance donné à Tarroux ne demandait, pour être prévenu, ni retard ni merci. Où rencontrer *l'abbé le Diable?*

Les trois premiers jours, Bassan, revêtu d'une blouse bleue, parcourut les fortifications. Le troisième jour, assis à neuf heures du matin près d'une cantine attenant aux *ateliers* de Montrouge, et dévisageant tous les terrassiers et maçons qui s'éparpillaient sur le terrain à l'heure du déjeûner, il reconnut le grand Lebertre ; il marcha vite à sa rencontre :

« Bonjour, grand luron !

— Bonjour, monsieur. — Lebertre fit cette réponse en toisant du regard cet homme qu'il ne reconnaissait pas.

— Vous cherchez qui je suis ?

— Ça pourrait bien être, malgré que votre visage un peu *montagneux*, une fois vu, se retient...

— Comment va l'abbé le Diable ?

— *Crelot!* — fit Lebertre en se rapprochant
tout effarouché de son interlocuteur, — voulez-
vous bien ne pas donner les *petits noms* aux
gens au milieu de *cette société?*... Est-ce que
vous ne vous doutez pas que si le plus grand
nombre de ces *messieurs* qui rôdent autour de
nous n'était pas à Brest, il était à Rochefort
ou à Toulon... et d'un bagne à l'autre les *notables*
sont connus. L'abbé le Diable était une célébrité
à Brest... Je ne vous y ai pas connu ; est-ce que
vous sortez de Toulon ?

— Non ! — répondit rudement le châtelain
de Rouge-Bourse, — mais il paraît que quand
vous avez mangé le pain des gens, vous ne vous
rappelez plus leur visage...

— Attendez donc, vl'à que j'y reviens !...
Oui, c'est vous !... parbleu ! j'ai rapporté un
brin de paille de votre litière pour m'en acheter de pareille quand je serai assez riche pour
avoir un lit ! J' crois bien, monsieur de *Coupe-*
Bourse, que je vous reconnais !. . — Et sur ce

mot, brusquement, l'expression de visage de
Lebertre changea ; il découvrit sa tête, et rou-
lant gauchement son bonnet de police dans ses
mains : — Je n'avais pas d'abord bien regardé,
monsieur... la blouse changerait un capitaine
de vaisseau en un *rien du tout*... Il n'y a rien de
changé au château?.. la jolie demoiselle est toujours jolie?... »

Il y avait en cet instant dans la physionomie
de Lebertre plus d'intelligence que sa question
n'en exigeait ; c'est qu'en demandant si Laure-
Antoinette était toujours jolie, il exprimait réellement cette pensée :

« Est-elle heureuse ?

— Qu'est-ce que ça vous fait que ma nièce
soit jolie ? — répondit brutalement Bassan.

— Monsieur a raison, je n'ai pas le droit d'y
voir, pas plus que de m'informer si c'est que
monsieur vient s'engager dans une *bricole*?

— Non, mon garçon; j'ai autre chose à faire;

mais, sans malice, c'était vous que je cher-
chais...

— Moi?

— Vous-même, afin de savoir si vous me per-
mettriez de remettre vingt francs dans le compte
des travaux que vous avez faits chez moi?

— Vingt francs! mille garcettes, c'est très-
honorable ; et, quoique ça n'ait pas été convenu,
ça ne se refuse pas. »

Bassan remit quatre pièces de cinq francs dans
la main de l'homme qu'il savait avoir tenté de le
tuer et de le voler, de complicité avec Tarroux,
dans la nuit du 19 octobre.

« Maintenant, mon brave, nous pouvons
causer... j'ai un service à vous demander.

—Vieux sanglier, qui croit que je ne le devine
pas, — pensa Lebertre.

— Il s'agit de me dire où je pourrai rencontrer votre ami Tarroux? »

— Ah! pour ce qui est de lui, mon digne monsieur, c'est absolument comme si vous me demandiez où est, ce matin, le merle que vous avez vu passer hier; comme si vous me disiez : Qu'est-ce qui va *relever le point* ce matin à bord du vaisseau *l'Hercule* où est M. Solmignac... »

Bassan fut frappé de ce nom.

« Solmignac, dites-vous?... vous connaissez un M. Solmignac?...

— Si je connais ce nom-là, moi, Lebertre! moi, Bas-Breton, si je connais M. Louis Solmi gnac, qui a joué à la *marelle* avec ce vilain *grelin* de Lebertre, quand lui et moi étions des marmots !... Mais pour que vous le sachiez, monsieur de *Coupe-Bourse*, M. Louis Solmignac, enseigne du vaisseau *l'Hercule*, est un homme accompli !... C'est lui qui a dit à Lebertre : *Je ferai une belle action, on me nommera capitaine de vaisseau et j'irai demander ta grâce au roi...*

Donc, mon enseigne et tout ce qui s'appelle
comme lui et tout ce qui s'attache à lui, ça m'est
sacré comme le bon Dieu... J' n'ai pas attendu
la belle action, parce que M. l'*abbé*, qui était
mon compagnon de *ficelle*, était fort pressé de
filer son nœud et de couper le cordon *ombilical*
du galérien... mais c'est égal, si on veut mourir
avec tous ses membres, faut pas toucher, et que
je le sache, à ce qu'aura aimé un Solmignac! »

Et encore, dans l'expression de Lebertre, il
y avait autre chose que le sens de ses paroles ;
elles voulaient clairement dire, — son regard
menaçant l'affirmait : — *Vous avez sous votre*
toit une personne chère à un Solmignac ; si
vous la faites souffrir, je vous tue.

Bassan ne lut pas distinctement cette pensée,
mais il reconnut effectivement, dans le discours
de Lebertre, une signification qui méritait
qu'on s'en souvînt.

« Depuis quand, mon garçon, as tu quitté ce
M. Louis Solmignac ?

— Depuis que j'ai fait faire *un trou à la mer*
au méchant contre-maître qui avait trop joué
de la garcette; mettez deux ans, plus ou moins...

— Est-ce que ton bâtiment a touché à *Norfolk ?*

— Jamais du temps où je me promenais dans
ses *manœuvres...*

— Et maintenant que nous commençons à
nous mieux connaître, un peu de confiance ; ça
ne peut pas vous nuire, si vous aimez encore les
pièces de cinq francs...

— Si je les aime !... vous demandez à un
pauvre journalier bas-breton, qui a sa vieille
mère, s'il aime les pièces de cinq francs !...

— Alors vous direz où demeure Tarroux...

— V'là que nous retombons dans le même
défaut, mon bourgeois ; la mémoire cloche...
Où voulez-vous que je prenne M. Tarroux ?

— Il est impossible que vous n'ayez pas occasion de vous revoir...

« — Pourquoi donc ça, nous n'avons pas le même banquier...

— Allons, décidément, mon garçon, vous vous amusez de M. Bassan ; mais que diriez-vous si cet homme dont vous vous divertissez tout bas vous mettait la main sur le collet, appelait à l'aide et vous faisait reconduire à Brest ?

— Ah ça ! bourgeois, je dirais que ça serait du joli et du soigné, et peut-être bien qu'alors je vous ferais revoir M. Tarroux ; essayez, pour vous distraire. »

La figure du journalier était devenue sérieuse, son œil était attentif et son geste au qui-vive.

Bassan avait trop de pénétration pour ne pas être certain que Lebertre se trouvait placé sous la protection de Tarroux : devinant les effets d'une solidarité établie sur un motif aussi intime que celui d'une même *chaîne* pour leurs deux *anneaux*, il ne voulut pas s'exposer à une lutte qui l'entraînerait dans l'abîme.

« Tête de Bas-Breton vaut tête de mulet!» —
dit-il en s'éloignant de Lebertre.

Celui-ci le regarda marcher jusqu'à ce qu'il
l'eût perdu de vue :

« Tiens, tiens, tiens!.. le bourgeois de *Coupe-
Bourse* costumé comme un *tâcheron* et venant
rôder autour de Lebertre et de Tarroux!... Ceci
mérite attention... j'en préviendrai l'abbé le
Diable. »

Bassan rentra dans Paris tout mécontent, tout
triste de sa démarche. Cette non-réussite le disposa aux fâcheux ressouvenirs, et, distrait un
instant de la pensée de sa nièce, il erra toute la
journée dans les rues de la capitale, cherchant
le Paris d'autrefois, celui du temps où il entrait
dans la vie : triste rapport avec son temps présent.

Il prenait ses repas dans un de ces ignobles
restaurants qui, au prix de *trente-deux sous*,
donnent avec impunité, à une classe cependant
recommandable de la population, des aliments

de basse qualité, déguisés par les assaisonne-
ments les plus *audacieux*. Au sortir du Palais-
Royal, Bassan rentrait chaque soir, entre huit et
neuf heures, au petit hôtel de Strasbourg, rue
Notre-Dame-des-Victoires : il y occupait, dans
un escalier malsain et malpropre, une petite
chambre humide, gîte tout au plus acceptable
par ces jeunes commis-voyageurs, race insou-
ciante qui ne se loge pas, mais qui perche.

Il y avait deux heures environ qu'il était dans
sa chambre, assis devant deux petits tisons à
peine allumés, consultant toutes les ressources
de son imagination pour arriver sûrement à ce
Tarroux dont le nom seul, depuis quelque temps
surtout, depuis qu'il avait rêvé un bonheur, lui
était un supplice. Au plus profond de ses réflexions, la clé, laissée en dehors, tourna doucement dans la serrure, une tête s'avança avec précaution : elle était placée dans l'ombre.

« Qui va là ? — demanda Bassan en passant sa
main derrière la flamme de la chandelle.

— Un ami. » — Et le nouveau venu entra avec agilité, referma la porte et se trouva assis à l'autre coin de la cheminée, avant que son en-nemi eût eu le temps de reconnaître à qui il avait affaire.

Transaction au coin du feu.

VII.

Cet effrayant vis-à-vis arracha à Bassan un cri :
Tarroux sourit.

« Merci , — dit-il en soulevant son chapeau.

— Comment, vous ici !...

— Puisque tu désirais te retrouver avec ta
vieille connaissance, qu'avais-je de mieux à
faire que d'obéir. »

La première impression passée, Bassan revint vite au sentiment de sa position, le besoin de sa défense, le désir d'anéantir un témoin funeste, le seul qui pût troubler sa sécurité. Les veines de ses temporales se gonflèrent, sa bouche se contracta, ses yeux s'injectèrent, et le jeu musculaire de ses mains osseuses et puissantes attesta que dans son esprit fermentait la volonté d'un acte violent.

« A quoi bon une lutte? — dit Tarroux d'une voix douce et calme; — pourquoi vouloir du mal à ce pauvre vieux Tarroux qui est phtysique au second degré, hors d'état de résister... et qui vient en ami.

— Pas si phtysique! — murmura Bassan ; — l'infernal Tarroux a commerce avec le diable, car moi, qui aurais déraciné un chêne, je n'aurais jamais pu manier aussi lestement la tournée...

— Laissons là mes mérites, mon vieux associé; tu penses à autre chose, arrivons-y tout de suite... Tu voulais me voir ; que me veux-tu?

— Je ne le sais plus.

— C'est à douter du diable ! Comment, voilà Bassan intimidé !... Mais tu m'as cherché, tu as demandé à Lebertre le moyen de me rencontrer, tu as donné vingt francs à ce brave garçon pour lui désempêtrer la langue ; me voici... Eh bien ! voyons, de quoi s'agit-il?... Es-tu venu à Paris pour me parler?

— Oui.

— J'ai donc bien fait de venir, et j'écoute.

— Tarroux, vous me faites peur !...

— Allons donc ! quel enfantillage !... je n'aurai pas la fatuité de le croire ! Un mirmidon comme moi, que tu écraserais entre deux de tes doigts.

— Je vous dis que vous me faites peur !—reprit Bassan en élevant la voix et paraissant vraiment sous l'empire d'une préoccupation dou-

loureuse ; oui, votre corps frêle et souple, vos
doigts maigres et allongés ; votre visage petit,
maigre, effilé ; vos yeux petits, toujours ardents ;
votre éternel sourire... et tout ce que vous
avez dans l'âme ; ces horribles pensées que
vous bercez dans votre abominable cerveau ; la
vengeance que vous voulez méditer contre
moi !... voilà ce qui me fait peur ! voilà ce qui
m'amène à Paris. Voilà pourquoi j'ai prié votre
accolyte de me dire où je pourrais vous rencontrer... Voilà pourquoi, lorsque je vous
ai devant moi, l'épouvante me saisit, le vertige
me prend... Je ne vois plus que deux alterna-
tives : vous étouffer... ou vous jeter dans les
mains la moitié de ce que je possède...

— Folie ! — répliqua Tarroux avec un par-
fait sang-froid ; — m'étouffer ou m'enrichir ?...
D'abord, le pauvre vieux Tarroux, qu'un enfant ferait boiter, est obligé d'être prudent
quand il vient voir son ancien associé : il est
armé. L'enrichir ? c'est une fantaisie trop bizarre

pour être réelle... Il faut tout simplement le
laisser mourir le moins mal possible, et ne pas
s'occuper de sa pauvreté... Il est écrit, mon
cher, que je mourrai misérable, comme il est
écrit que tu vivras gros seigneur... Nous n'y
changerons rien... A quoi bon nous retourner
dans tous les sens pour contrarier la volonté du
sort... La vieillesse sert à quelque chose : à faire
comprendre le possible et l'impossible... J'ai
fait tout ce qu'il y avait de *possible* pour être
riche, et je n'ai ni sou ni maille... Tu as fait, toi,
l'*impossible*, car tu as encore fait pis que moi,
mon Bassan... Je sais ton histoire avec ta belle-
sœur... »

Bassan devint livide ; il passa rapidement sa
main sur ses yeux. Tarroux, après un demi-
repos, continua :

« Tu as donc fait l'*impossible !* l'inouï !... Le
bourreau devait s'en mêler, et tu es millionnaire, propriétaire d'un grand vilain château !..
Comment veux-tu que je ne me résigne pas à

penser que tout est écrit, *en bas*, quand il s'agit
de coquins comme nous?... Et, par cette raison,
tu peux sans inquiétude jouir de ta richesse. Il
m'est démontré que j'ai la main malheureuse...
L'or ne me tient pas aux doigts... j'y renonce.

— Homme étrange! — dit Bassan avec un air
de rêverie qui attestait que le trouble de ses
idées était arrivé jusqu'à la torpeur. Puis se re-
prenant :

— Mais non, c'est un jeu joué!... tu as un
projet dont tu distilles le venin à plaisir dans
les profondeurs de ton âme... Tu as voulu me
tuer dans Rouge-Bourse...

— Je ne m'en cache pas... c'était une bêtise...

— Écoutez, Tarroux, nous ne sommes, ni
l'un ni l'autre, assez jeunes pour attendre long-
temps... au lieu d'user des jours précieux à méditer un mauvais coup contre moi, réglons nos
comptes avec équité.., acceptez un partage...

— Tentateur! — fit Tarroux avec bonhomie.

— Voyons, consentez vous à partager...

— C'est selon... Qu'as tu de fortune?

— J'ai fait faire la course dans l'Océanie; deux subrécargues m'ont volé. Je suis rentre en France presque ruiné. Rouge-Bourse payé, j'ai quatre cent mille francs... — Bassan parlait vite afin de se donner de la fermeté.

— Ainsi, tu m'offres la somme ronde de deux cent mille francs?

— Je vous les paierai en or...

— C'est en effet un monnaie brillante et commode... »

Bassan tendit la main à Tarroux.

« Eh bien! compère, anéantissons-nous onze ans de colère, dans cet instant où, avec mes regrets pour le passé, je vous offre ces deux cent mille francs?...

— Ce n'est pas l'embarras, je les trouverais là,

sans courir, sans me livrer à des hasards péril-
leux, — répondit Tarroux d'un ton délibératif ;
mais il ne parut pas prendre garde au geste ami-
cal de Bassan ; il laissa une de ses mains appuyée sur la cheminée et l'autre constamment
dans la poche de côté d'un long paletot-sac.

— Allons, Tarroux, fi de la misère et vive les
rentiers ! dix mille livres de rente, c'est su-
perbe !

—Tu m'engagerais donc à placer sur le grand-
livre de la dette inscrite ?

— Pourquoi non ?...

— Et vous me demandez mon dernier mot ?
— demanda Tarroux en changeant sa formule
familière, et donnant à sa physionomie le maintien cérémonieux de son nouveau langage.

— Je vous demande mon pardon et votre
amitié...

—Voici mon dernier mot, monsieur Bassan :

Sir Sydney avait deux millions huit cent mille francs... Je vous donne une pension alimentaire de *douze cents francs,* à dater du 20 octobre 1830. Vous allez verser dans mon chapeau *deux millions sept cent quatre-vingt-six mille huit cents francs...* Il y a l'acquisition de Rouge-Bourse, de *quarante-cinq mille francs,* à payer? Toute déduction faite, et sans mettre à votre charge un compte d'intérêts depuis 1830, je vous demande deux millions sept cent quarante-un mille francs... et je vous laisse Rouge-Bourse...

—Hein? — fit Bassan.

— Oui, je sais bien... vous n'avez pas entendu...

— Je croyais cette conversation sérieuse, monsieur Tarroux...

— Comment! sérieuse, monsieur Bassan?... mais à ce point que je n'en change pas cinq francs!... Oui ou non, voulez-vous me donner cette somme? si vous ne voulez pas vous exécuter, à quoi bon discourir? laissez-moi pauvre, si vous ne voulez pas me faire riche...

— Mais c'est que je ne crois pas à votre résignation!...

— Et c'est parce que vous n'y croyez pas que la peur vous galope, et que vous me cherchez un petit chiffre qui me tienne lieu d'os à ronger... Merci, quand je voudrai manger, j'aurai plus d'appétit que vous n'êtes dans l'intention d'en satisfaire...

—Mille tonnerres!—s'écria Bassan hors de lui en frappant du poing sur la tablette de la cheminée,—être torturé ainsi!... demander pardon deux cent mille francs à la main et se voir refusé!... Mais, malheureux, voyons, redevenons intimes, soyons frères; soyons-nous tout ce que peuvent être l'un à l'autre deux hommes liés par l'affreuse solidarité qui nous unit. Voyons... de quoi vis-tu?

— J'aime beaucoup la question! comme si

en entrant je vous avais demandé un morceau de pain, monsieur Bassan !... mais je vis de ce qui fait vivre les gens d'esprit ; je vis des sottises des autres... Je suis agent de la police de sûreté...

— Agent !...

—De la police de sûreté : j'arrête les voleurs, les assassins... »

Une lame d'acier courut sur les artères de Bassan ; il sentit comme un coup de marteau frappé au sommet de son cerveau ; il s'affaissa sur son siége et dit d'une voix brisée :

« Tarroux ! j'ai compris... vous voulez m'arrêter.

— Moi !... Pauvre riche ! tu as des faiblesses comme une jolie femme et des épouvantes comme un petit garçon. Je n'ai pas dit que j'arrêtais tous les voleurs... j'arrête ceux qui ne sont pas dignes de s'enrichir, qui volent au jour le jour pour avoir un morceau de pain

ou de pauvres petites épargnes : ces coquins-là,
c'est du gibier de prison ; mais des gaillards qui
se promènent au soleil avec deux millions huit
cent mille francs dans les poches ! je serais un
sot d'y songer ! il y aurait trop à faire ! la police
ni moi ne serions de force... Quant aux assassins,
c'est une qualité toute particulière et qui demande que l'on se conduise avec prudence...
Laissons cela ; l'essentiel, c'est qu'il ne s'agisse
en ce moment ni de voleur, ni d'assassin, mais
de M. Bassan, propriétaire du château de Rouge-
Bourse, qui veut parler au *sieur* Tarroux, agent
de police....

— Je défie aux combinaisons de la méchanceté la plus atrocement raffinée d'imaginer une
situation plus douloureuse que n'est la mienne...
Tarroux, pour moi, cela ne fait pas l'ombre
d'un doute, tu veux me perdre !...

— Fi donc... dans quel but ? suis-je un imbécile ?... Il y a eu entre nous deux une partie de
jouée ; le comte de Grammont faisait soutenir

son jeu par une compagnie de mousquetaires ;
toi, par une dose de poison et deux coups de fusil... Tu as gagné : que veux-tu que je te ré-
clame?... J'ai du mépris pour les mauvais joueurs
et je ne veux pas l'être... Mon père, un maître
drôle qui, en me cédant son étude d'huissier,
m'avait laissé le plus beau nid à procès en cour
d'assises que jamais galérien ait façonné de ses
mains ! mon père me disait toujours : « Rappelle-
toi, Jérôme, de ne t'occuper que du moyen le
plus vrai pour réussir dans notre profession :
vivre du pauvre ! Il y a une race de chiens de
chasse qui ne se lance que quand le gibier est
aux abois : ainsi doit faire un huissier, et il n'y
a que le pauvre qui se laisse mettre aux abois ;
alors, le déchirer, le déchiqueter, actes sur actes,
frais sur frais, point de relâche, affichez, expro-
priez, vendez !... la bête tombe, vous faites la
curée ! il y a peu de sang ; mais n'importe ! c'est
du sang, et c'est sur la quantité des pauvres que
l'huissier se dédommage de la circonspection
des égards qu'il doit aux riches... Que feriez-

vous de bon en courant sur des millionnaires ?
ajoutait le *bonhomme.* —Rien ; les irriter, vous
exposer à leur vengeance, à leurs criailleries qui
ont toujours de l'écho... Les pauvres, mor-
bleu ! les pauvres ! haro sur eux !...» Voilà pourquoi, mon cher Bassan, je ne veux pas te perdre.

—Mais il y a du moins de la folie à refuser
une somme importante qui te mettrait au-dessus des misères de ta profession...

—Quant à cela, j'ai mes idées et j'ai beaucoup d'estime pour ma profession. Si j'acceptais
doux cent mille francs, ce serait un compte
réglé : non, j'ai dit mon chiffre...

— Tout ou rien !...

— J'aime mieux rien.

— Tu aimes mieux me tenir un fer suspendu
sur la tête ?...

— Compare mon idée à la tienne ! rappelle-
toi ce que tu as mieux aimé me faire !

— Tu vois bien, Tarroux, que mon épouvante n'est pas celle d'un enfant ! tu vois que l'enfer est dans ta pensée !...

— Écoute-moi, Bassan. Pour en finir avec cette mauvaise réputation que me fait ta peur, je vais prendre vis-à-vis de toi un de ces engagements dont il ne faut pas oser douter si l'on veut se vanter d'avoir un cœur d'homme. Il est possible que je meure sans avoir la moindre envie de connaître l'opulence et de me venger de toi ; c'est possible, je le crois même... je suis devenu philosophe... mais si par faiblesse, par je ne sais quel vertigo de pauvre diable, il me prenait un matin fantaisie de connaître les somptueuses jouissances de la vie des riches, je te jure, par l'âme de ta belle-sœur, par l'âme de Sydney, par celle de sa femme, par celle du petit Robert ! je te fais le serment de t'avertir trois jours avant que de prendre mon chapeau pour t'aller trouver... Trois jours pour un homme de ton intelligence et tenant en ses mains des moyens d'action comme les tiens, il y

a le temps de monter sain et sauf en paradis!..
Tu as reçu mon serment, j'y serai fidèle. Espérer me détruire par un guet-apens, par surprise!.. tu n'y parviendrais pas... à l'instant
même où je te parle, nous ne sommes pas seuls...

— Comment! nous ne sommes pas seuls!
— s'écria Bassan.

— Quatre hommes de ma *brigade* roulent
leurs chapelets dans leurs doigts sur l'escalier!..
et si je te fais remarquer ton impuissance contre moi, c'est pour t'engager à ne pas renouve-
ler tes menaces au *petit Lebertre...* ce serait
du temps perdu; dénoncer *cet enfant*, ce serait
te dénoncer toi-même. Est-ce dit?

— Je dis que j'en deviendrai fou!...

— Non; et maintenant, monsieur Bassan, je
vous présente mon respect. »

Tarroux se leva; son implacable sourire ac-
compagna le regard plein d'amertume dont

il accabla le malheureux maître de Rouge-
Bourse.

« Vous me quittez, Tarroux ?

— Il est tard. »

Bassan, aussi debout, se tenait plié ; sa physionomie était bouleversée. Tout-à-coup une
lueur vive passa sur ses yeux, un des coins de
sa bouche sourit finement, il frappa le plancher de la pointe de son pied... il venait de
trouver le fil conducteur qui devait le faire sortir du labyrinthe où le traînait la vengeance de
son complice !

Tarroux s'en douta, parut ne rien voir, resta
impassible et sortit.

Bassan voulait le reconduire sur l'escalier :

« Non, rentre, mon vieux ; les amis te ver-
raient... et il ne faut pas *encore* qu'ils te con-
naissent. »

Condamné à mort.

VIII.

« Amuse-toi, misérable !—pensa Bassan après avoir écouté, l'oreille contre la porte refermée, les pas de plusieurs hommes qui descendaient; — amuse-toi !. . il n'y a jamais eu de Bassan au monde, ou tu te repentiras d'avoir voulu creuser un abîme au-dessus duquel tu me tiendrais suspendu ! »

Il avait froid lorsqu'il se coucha ; cette entrevue avait été pour lui une épreuve trop longue et trop forte : homme d'action, il ne comprenait pas le complot poussé jusqu'à un raffinement aussi profond, et finissait par s'effrayer de toutes ces bizarreries perfides dont Tarroux se faisait un plaisir aussi cruel et aussi continu.

L'idée qui l'avait fait sourire au moment de quitter son ennemi lui avait bien offert quelques chances de réussite ; mais la plus probable de ces chances une fois détruite par la surveillance de l'ancien huissier, toutes les autres disparaissaient ; — restait la représaille de celui contre qui elles avaient été préparées !

Le lendemain, Bassan se rendit dans une espèce de bureau d'affaires, indignement toléré par l'autorité administrative et dirigé par l'homme qui long-temps avait été le chef de la police de sûreté. Les moyens d'action de cet homme avaient plus d'une fois étonné le public par leur audace ; mais le personnel de ses auxiliaires avait attiré un blâme sévère à l'administration qui se

trouvait être complice, par des agents impurs,
de demi-crimes tentés pour obtenir la découverte de crimes complets.

L'homme de police, justement dépossédé,
avait bravé l'opinion publique et les suscepti-
bilités administratives ; il avait audacieusement
ouvert une *sentine à dossiers*, où, sous le prétexte de recouvrements de créances, de renseignements sur la solvabilité, il perpétrait le
scandale d'une police privée en inscrivant ces
mots : *Breveté du roi*, sur les vitrages de sa demeure.

C'est là que Bassan se rendit, vêtu de la blouse
dont il avait fait les honneurs à Lebertre. Il déposa *dix écus* sur le bureau de *l'agent d'affaires*
et dit ceci :

« J'ai un grand intérét à connaître la demeure, les habitudes, les lieux de fréquenta-
tion d'un sieur Tarroux, agent de la police
de sûreté, dont je suis le créancier... Je désire
ne donner ni mon nom, ni mon adresse : quand
puis-je repasser ?

— Demain matin, à neuf heures. »

Le lendemain on lui répondit :

« Le nommé Tarroux, agent de la première brigade, ancien huissier et agent de police sous l'Empire, qui a dénoncé en 1812 la vente des plans de la campagne de Russie en livrant les noms des sieurs Michel et Bassan, tous deux condamnés ; — Michel seul exécuté. Tarroux est galérien pour crime de faux ; échappé du bagne de Brest, tacitement gracié depuis quinze jours, il demeure rue de la Limace, 7, au cinquième... Ses fréquentations habituelles sont un sieur Lebertre, son compagnon de chaîne, journalier, attaché aux fortifications ; un sieur Honoré, tailleur, attaché à la petite police ; et un sieur Tâcheron, agent d'affaires. »

Les incidents de cette réponse n'avaient pu être prévus par Bassan ; aussi reçut-il rudement au visage la déclaration de son nom, dénoncé dès 1812 dans l'affaire Michel, par Tarroux.

Il sortit en emportant son renseignement...

« Vit-on jamais un pareil animal! — dit le
bureaucrate à son *secrétaire*; — sortir de sa
coquille pour venir dire à un vieux limier:
« Avez-vous connu Bassan, condamné à mort
comme traître et par contumace? — c'est moi!»

« Ah! j'étais condamné à mort!... et c'est
Tarroux qui m'avait dénoncé! » — pensait Bassan en rentrant en lui-même avec un patient désespoir, avec honte, avec rage, avec stupeur, le
plus vivace de ses projets, celui de la destruction de Tarroux; puis, cette indescriptible sensation qui, à force de faire souffrir le moral,
produit une souffrance physique : — la sensation causée par *la condamnation à mort*!

Au moment le plus critique du brisement de
ses facultés, l'âme de Bassan fit un *bond* par-
dessus toutes ces toiles d'araignée qui semblaient se tendre d'elles-mêmes pour l'enve-
lopper; elle chercha le jour et la chaleur qu'elle
commençait à perdre et s'élança, toute meurtrie,
toute bourrelée, vers la jeune fille dont la dé-

faite devait être la compensation délicieuse à
tant d'angoisses, à tant de tourments !

« Allons, allons, j'ai toujours vu que du milieu de la crise du mal sortait le bien qui vous
en consolait ! .. Les arrêts de 1812 sont pres-
crits depuis deux ans, alors même qu'ils seraient
exécutables sous l'empire du gouvernement
actuel !... Tarroux n'est qu'un sale coquin qui
n'a eu, il y a onze ans, que la moitié de ce qu'il
méritait, comme délateur de ses complices...
Précipitons les évènements, tout est là... Laissons, s'il le faut, Rouge-Bourse aux hospices et
emmenons *la petite* !... Où ?.. Sur tous les points
de la terre il y a de la mousse et des ombrages
protecteurs !... Levons les pieds, sortons de cette
vilaine mare qui roule sa boue autour de moi ;
secouons *le vieil homme,* opposons hardiment
à tant d'horreurs la sensation de jouissances
jeunes et délicieuses !... Condamné à mort !...
Condamnons-nous au plaisir dans les bras d'une
adorable enfant ! »

Du moment où la folie de Bassan se tournait de ce côté, il était à prévoir qu'elle réagirait d'autant plus active, d'autant plus impérieuse après tant d'assauts pour la détruire ; il rejeta loin de lui toutes les fantasmagories nées du meurtre, du vol : il se ranima dans le rêve de ses vilaines amours, de sa jeunesse menteuse, et courut avec une grande liberté d'esprit aux emplettes qu'il s'était promis de faire pour parer sa nièce.

Le sixième jour de son absence il entrait dans Rouge-Bourse.

Son coup de cloche fut compris par les deux habitantes du vieux château.

« Allons, ma nièce, allez ouvrir ; c'est votre oncle... S'il aperçoit d'abord votre minois chiffonné, cela le rendra peut-être moins sauvage et moins méchant. »

Bassan, parti pour Paris les mains dans les poches, revenait ayant deux énormes paquets sous les bras.

« Bonjour, mignonne ! » — cria-t-il à Laure-Antoinette en la voyant s'approcher de la grille, et, dès qu'elle eut ouvert, il jeta les paquets à terre, prit sa nièce dans ses bras et l'embrassa à plusieurs reprises sur le front.

« Voilà ton vieux bonhomme d'oncle !... les Parisiens l'ont peut-être un peu civilisé ; ne t'effarouche pas... Comment cela va-t-il ici ? Mme Bassan a-t-elle encore des dents ?... a-t-elle été bonne pour toi ?

— Très-bonne, mon oncle.

— As-tu souffert du froid ?

— Nous avons fait bon feu.

— Et tu as joliment bien fait ! il y a dans la remise une douzaine de voies de bois en ré·serve, jette tout dans le feu plutôt que d'avoir l'onglée... On n'a pas souvent dans la vie une nièce aussi gentille, c'est bien le moins qu'on en ait soin ! »

Ces paroles se disaient dans le trajet de la grille au château. Laure-Antoinette avait voulu porter un des paquets; Bassan s'y était opposé en lui disant ?

« Je ne veux pas!... une jeune fille ne doit pas porter de fardeaux, cela gâte la taille... Ne suis-je pas ton serviteur? »

Arrivé devant la maison, il passa devant la fenêtre de la cuisine sans y jeter un regard, et montant les quelques marches du perron, il entra dans la grande pièce qui avait été le salon et qui communiquait avec la chambre d'Antoinette; il y entra, et posant les paquets sur le lit, il se retourna vers sa nièce, la regarda quelques instants et de façon à la troubler beaucoup.

Le repos d'esprit depuis plusieurs jours avait calmé la physionomie de la jeune fille; ses jolis yeux n'étaient plus gonflés ni rougis par les larmes; l'obsession d'affligeantes pensées n'avait pas contracté sa bouche fine et

gracieuse ; elle était vraiment charmante. Le
vieillard en rougit, et, ne voulant pas être trop
tôt compris, il chercha une distraction à ces
pensées trop chaudes qui lui venaient.

« Dans ces paquets, mon enfant, il y a un
témoignage de l'affection que te porte ton
oncle : ouvre celui qui est enveloppé dans la
toile bleue.—Antoinette obéit.

— Un manteau, — une pièce de soie, — une
de mousseline, — une de mérinos, — des dentelles, — des rubans, — de la batiste... — il
fouilla dans sa poche : — et dans cette boîte,—
un beau collier, — deux bracelets, un peigne,
des boutons d'oreille en brillants...... le tout,
huit mille francs !... Qu'est-ce que c'est que
cela pour une nièce qui va au bal !...

— Au bal ! mon oncle ?

— Oui, mademoiselle, au bal chez le comte
de Sussy, dans six jours !... et dans moins d'une
heure les deux couturières de la Ferté seront

ici pour prendre vos mesures ! Vous avez l'air
tout déconcerté : vous vous dites sans doute :
*Mais il est impossible d'aller au bal au bras
d'un vieux roquentin vêtu comme un bouvier
du Morvan !* — Il arracha les fils qui cousaient
l'autre paquet. — Mais le vieux roquentin veut
faire honneur à la demoiselle de Rouge-Bourse.
Voilà de quoi faire envie à tous les meuliers
de la Ferté ! je serai beau comme un marguillier
de vingt-cinq ans avec ces habits du grand
genre, achetés chez *Hardy*, s'il vous plaît, rue
de la Bourse, quartier des riches !... »

Laure-Antoinette, ayant sous les yeux un
écrin complet en magnifiques turquoises, ce
monceau d'étoffes précieuses, ces pièces de
rubans, ces pièces de magnifiques dentelles,
ces mousselines, ces richesses destinées à la
parer, ne savait plus que penser ; elle redou·
tait un rêve ; la figure même de son oncle, en
ce moment épanouie, empreinte d'une bienveillance qui ne lui était pas ordinaire, lui pa-

II.   11

raissait rajeunie et tolérable. Mais ce choc d'une
réalité invraisemblable était trop brusque, trop
étrange, pour être supporté avec calme par une
organisation délicate et nerveuse.

Laure-Antoinette pâlit, chancela, n'eut que
le temps de chercher un point d'appui sur un
fauteuil où elle s'assit, et des larmes mouillèrent
ses yeux.

Bassan courut à sa nièce, voulut la soutenir;
elle l'éloigna doucement.

« Je vous demande pardon, mon oncle;
toutes ces belles choses ne causent pas mon
émotion, mais le sentiment de bonté qui vous
a inspiré de me les donner; je ne suis pas fa-
miliarisée avec les bons traitements... et je suis
presque aussi étonnée de la tendresse de mes
parents, que j'étais affligée de leur indifférence...
Pardonnez-moi !

— Si je te pardonne! — s'écria Bassan en
enveloppant doucement la taille de sa nièce et
lui embrassant les cheveux; — si je te par-

donne d'avoir été si bêtement traitée par ton
butor d'oncle, que lorsqu'il veut se faire bon
parent tu ne sais plus qu'en penser!... mais
c'est à moi qu'il faut pardonner. Allons, calme-
toi, petite fleur de Rouge-Bourse, ma nièce que
j'aimerai à la folie!... Je te laisse avec tes
joujoux, range tout cela et apprête-toi à recevoir les couturières; elles n'ont que des mesures
à prendre, elles savent ce qu'il faut faire. »

Il prit le paquet qui contenait ses habits et
sortit, s'en rapportant à l'influence de la coquet-
terie satisfaite pour amollir les résistances de sa
nièce.

« Bravo ! — disait-il en étalant sa garde-robe
sur son lit, — bravo ! la petite est sensible aux
attifets; il y a eu, ma foi, spasme et larmes de
plaisir !... Vienne Tarroux!... je le recevrai !...
j'accepte de subir ma *condamnation à mort*,
mais en mourant dans mon *triomphe* ! »

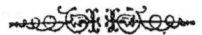

La toilette.

IX.

Les couturières de la Ferté furent exactes au rendez-vous que leur avait donné Bassan ; elles vinrent prendre les mesures des robes de Laure-Antoinette ; le châtelain, en les reconduisant jusqu'à la grille, leur dit :

« N'allez pas me *bousiller* cette besogne et me

gâter ces étoffes! je veux que ma nièce ait l'air
d'une reine; n'allez pas m'en faire une meule
dans un sac! »

Le vieillard montrait une agitation incroyable;
il cherchait à dominer le mouvement turbulent
de ses pensées, à en détourner l'obsession par
mille soins minutieux et qui ne lui étaient pas
ordinaires : avec une binette il arrachait les
herbes qui avaient poussé entre les interstices
des dalles du perron, il enlevait les couches de
mousses qui semblaient un tapis humide et malpropre; deux beaux *alaternes* avaient été aban-
donnés dans leurs vastes caisses du côté de la
tour-pigeonnier ; seul, au risque d'y gagner un
effort ou une pleurésie, il avait trouvé le moyen
de conduire ces caisses aux deux côtés du perron;
le ton vert foncé de leur feuillage pressé offrait
un contraste agréable avec la rigueur de l'hiver
qui était précoce ; il nettoyait l'allée de la cour
avec la rigidité du jardinier le plus conscien-
cieux. Un visiteur qui se serait présenté dans

Rouge-Bourse, heure matinale, aurait pris pour
le valet d'appartement le maître lui-même.
Bassan, *en manches de chemise*, balayait, frot-
tait, époussetait le salon délabré ; puis il y faisait un grand feu et exigeait alors que sa nièce
se tînt dans le salon, tandis qu'il prenait le même
soin pour sa chambre.

Antoinette, désolée de cette nature de sollicitude qui déconcertait toutes ses idées et offen-
sait sa modestie, avait voulu sérieusement s'y
opposer.

« Écoute, — lui avait répondu son oncle, —
ce que je fais autour de toi et pour toi me rend
heureux... et j'ai été bien long-temps malheureux! Si absolument tu ne veux pas de mes
soins, je croirai que c'est la peur de ta tante
qui te les fait refuser... et un de ces quatre
matins, à la place de Mme Bassan tu trouveras
une femme assommée !...

— Juste ciel ! — s'était écriée Antoinette, —
osez-vous dire cela ?

« — Et j'oserai me tuer ensuite !... car je ne me connais plus qu'un espoir, celui de cultiver ma fleur chérie !... ma rose, que j'appelle Antoinette ! »

La pauvre jeune fille ne trouvait rien à répondre à de telles paroles, qu'accompagnait une émotion de voix et de physionomie de l'effet le plus pénible pour sa candeur et pour sa chasteté. Elle s'évertuait à trouver un moyen de concilier ses devoirs vis-à-vis d'elle-même et vis-à-vis de sa tante sans irriter un caprice orageux, dont elle ne comprenait cependant pas toute la portée ; elle souffrait de cette étrange et lourde assiduité qui s'agitait autour d'elle ; elle fuyait instinctivement toute prévenance directe, tout regard trop expressif, et se sentait importunée, presque offensée de cette condition tristement privilégiée qui lui était faite dans Rouge-Bourse, bien plus qu'elle n'avait été affligée des mauvais traitements que d'abord on lui avait fait endurer.

Quant à Mme Bassan, quelque indifférente qu'elle voulût rester à ce qui se passait dans la maison, il lui était impossible de ne pas suivre l'évènement dont mille incidents venaient se trahir devant elle. Les paquets d'étoffes, les habits neufs de son mari, la venue des couturières de la Ferté, méritaient bien d'exciter son étonnement, et peu à peu, s'habituant à une curiosité qui, dans les premiers moments, avait été sans passion, elle finit par recueillir avec une attention pleine d'anxiété tous les mots, tous les bruits qui pouvaient l'éclairer : ce qui donnait à cette curiosité un caractère vraiment déplorable, c'est son activité visiblement comprimée par la peur. Mme Bassan ne sortait pas de sa cuisine ; tantôt l'oreille contre la porte, tantôt les yeux attachés aux vitres de la fenêtre, elle ne dépassait jamais ces deux limites de son observation ; les choses arrivèrent à ce point, en deux jours, que la communication avec elle fut presque supprimée. Antoinette s'échappait, accourait à elle, affectueuse, ingénue, en était maltraitée, et se retirait aussi brusquement, craignant d'être aperçue par son oncle. Bassan venait de se constituer le cuisinier de sa nièce ; il préparaît lui-même ses repas et s'attablait avec elle seule dans le grand salon. Mme Bassan, séquestrée, dans l'horreur de l'isolement, disposée à croire à l'existence d'un crime impur, se consultait par instants pour savoir si elle aurait la force d'en finir avec tant de honte et de souffrances par un crime complet.

Mais lorsqu'elle était beaucoup plus jeune elle n'avait pas eu l'énergie de la vertu ; son moral, entièrement déformé par la misère, les outrages, et une si longue avanie, ne pouvait plus tard avoir l'énergie, l'audace nécessaires à un acte si criminel, patent et décisif. Cet acte, elle le cherchait, le combinait dans sa tête malade ; puis, entre concevoir et exécuter, elle voyait toujours un abîme qui la faisait reculer toute tremblante.

Le grand jour du bal arriva enfin ! Le matin, les robes d'Antoinette furent apportées, et le jardinier du château de Tanqueue vint prévenir

Bassan que la voiture du comte de Sussy vien-
drait à Rouge-Bourse chercher, le soir, *monsieur*
et *mademoiselle*, précaution à laquelle n'avait
pas songé la galanterie du vieux oncle amoureux ; elle était d'autant plus urgente que le
froid avait augmenté : la glace couvrait tous les
ruisseaux.

Vers le milieu de la journée, Mme Bassan dit
à son mari :

« Je vous en prie, monsieur Bassan, donnez-
moi deux tisons du grand feu du salon ou laissez-
moi prendre un peu de bois de la réserve...
cette cuisine est une glacière, et moi, qui ne connais plus la chaleur d'un lit, je ne puis pas me
réchauffer... Je souffre beaucoup.

—J'en suis fâché, mais la réserve est vendue...

— Vous en prenez bien de ce bois-là pour
chauffer votre nièce...

— Je gage, madame Bassan, que vous êtes
enchantée d'avoir dit ce joli mot !

— J'en aurais trop à dire pour me trouver contente de si peu...

— Eh bien! dites-les tous quand vous êtes là dans votre trou, cela vous réchauffera.

— Voyez donc, monsieur, deux morceaux d'échalas dans ce grand foyer!... c'est bien **peu**!

— Bah! on ne meurt pas de froid!... D'ailleurs, allez ramasser du bois sec dans le jardin; il y a un petit orme de tombé du côté de la pièce d'eau, vous vous ferez des bourrées superbes avec les branches mortes!...

— Peut-être que cela finira bientôt! » — murmura Mme Bassan en poussant un profond soupir.

Son mari s'approcha d'elle, l'examina, détailla ses traits, puis, haussant les épaules :

« Pas encore, madame; pas encore! vous avez le cuir solide!... »

La pauvre créature, perdant par degrés le

sentiment de la vie normale, était comme disposée à des vertiges ; aux dernières paroles de
son mari, elle ne put réprimer une crise de colère !... un affreux éclat de rire lui échappa.

« Ah ! ah ! monsieur Bassan, si vous veniez à
mourir avant moi !... vous qui venez compter,
tout joyeux, les sillons creusés sur ma face par
l'indigence et la terreur !... si vous sortiez d'ici
couché sur le dos, et moi, debout, vous voyant
passer bien mort et tout hideux !... ah ! ah ! voilà
qui serait curieux !... Adieu la nièce ! adieu les
beaux habits !...

— Prenez garde d'avoir trop parlé ! » —
répliqua Bassan, et il lui jeta un regard terrible
en s'éloignant.

Aussitôt que la nuit fut venue, le vieillard
n'eut de cesse que sa nièce ne se fût parée de ses
bijoux, n'eût passé sa robe, et, tandis qu'elle lui
obéissait, il alla lui-même jeter bas sa laide
écorce et se vêtir de ses habits parisiens.

Avant que d'opérer ce changement, il prit un

soin étrange : il ôta la couverture de son lit et
l'accrocha au-dessus de *la glace sans tain*, de façon à la masquer complètement.

Aussitôt habillé, il ouvrit la porte de sa
chambre qui donnait sur le grand corridor, et,
par là, rentra dans le salon.

Laure-Antoinette, confuse de se voir si jolie,
étonnée de sa toilette si fraîche, si élégante, parut devant son oncle le visage tout écarlate.

« Mordieu! — s'écria Bassan, — je voudrais
bien savoir où on me trouverait jeune fille plus
mignonne et plus séduisante!... Approche ici,
enfant du paradis, voyons, approche, que je te
regarde à mon aise!. . J'espère que ce vieux vilain bonhomme a su se rajeunir pour te trouver
des jolies choses!... Ce bleu des turquoises,
comme il va bien à ta peau!... que ta peau est
blanche, friponne!... »

Antoinette se recula tout interdite.

« Quel mal te fait ton pauvre oncle?... laisse-le jaser devant la moitié de son œuvre!... car tu auras beau t'en faire accroire, mademoiselle de Rouge-Bourse, avec ta tête si charmante, tes épaules si blanches et si arrondies, ton corsage si élégant, ta taille si mignonne, ta tournure de princesse, sans ce butor de Bassan il fallait cacher presque tout cela sous le vêtement de la petite mendiante... Fleur inconnue, tu te fanais et dépérissais dans un coin de terre !... Allons, méchante enfant, souriez un peu à cet oncle si fier de sa nièce !... »

Antoinette, virginale enfant, ne pouvait cependant se défendre d'une secrète joie en voyant briller sur elle des bijoux, en regardant dans la grande glace, quoique bien terne, de ce salon, une jeune fille vêtue de blanc, au visage adorable, aux beaux cheveux noirs, et si gracieuse en son maintien comme en sa parure, qu'elle doutait que ce fût elle-même.

La cloche de la grande grille tinta.

« Voilà la voiture du comte ! — dit Bassan. —

Allons, *ma fille*, emmitoufle-toi dans ton manteau, sors par le perron et trotte vers la grille ;
tu tiendras la voiture en dehors, tu monteras
dedans et tu m'attendras... Je vais fermer les
portes. »

Antoinette, en tournant l'allée, jeta un regard
inquiet et triste sur la fenêtre de la cuisine qu'é-
clairait d'une petite lueur rougeâtre la lampe
qui brûlait à l'intérieur.

Bassan, pendant les préparatifs commandés
par cette sortie inusitée, avait éprouvé une
sorte de malaise, d'agitation pénible : il lui sem-
bla qu'il pouvait, à son tour, avoir peur de sa
femme ; rentrant dans sa chambre, il prit le pistolet demi-arçon toujours posé sur la tablette de
sa table de nuit, en renouvela l'amorce et l'emporta, fermant soigneusement sa porte ainsi que
celles de sa nièce donnant sur le salon et le corridor ; il tira le verrou de l'autre porte du salon
et sortit par le perron en se contentant de tourner le bouton de la fenêtre.

Lorsqu'il passa devant la cuisine, il sourit et dit à demi-voix :

« La chauve-souris écarquille ses yeux dans l'obscurité pour nous voir en habits de fête.. — Il s'approcha de la fenêtre, se hissa sur ses pointes..—Personne !... Comment! elle n'y est pas!.. Je parie que la vieille coquine est allée me voler mon bois. »

La pièce d'eau et le bal.

X.

Avarice et méchanceté, il ne laissa pas passer cette idée ; il se dirigea vers les communs, marchant avec précaution, dans la nuit noire, afin de surprendre sa femme.

En approchant des bâtiments de service, il s'arrêta court : des voix frappèrent son oreille ;

il écouta : rien de distinct ; il marcha droit au bruit et arriva près de la pièce d'eau ; alors il entendit murmurer des paroles, comme une récitation.

« Qui va là ? — demanda-t-il en armant le pistolet.

— Monsieur Bassan !... monsieur Bassan ! — répondit une voix éteinte.

— Qui parle?... où êtes-vous ?

— Je vais mourir !...

— Madame Bassan !.. quoi ! madame Bassan !..

— J'avais grand froid!... j'ai voulu venir casser les branches sèches de l'orme tombé... je suis montée sur la glace !... un trou s'est fait sous mes pieds !... La mort *me monte !...* pitié !.. secourez-moi !...

— Attendez donc que je vous découvre. — Il fit quelques pas à droite, sur le bord de la pièce, dans la direction de l'arbre qu'il avait désigné. — Où êtes-vous ?.,. Ah ! bien ; j'y suis...

—Pitié! ma voix s'éteint.. je ne puis pas crier..
ma force s'en va... je me tiens par les coudes et
la glace craque autour de moi... au secours!...»

Bassan s'accroupit au plus près, à dix pas de
sa femme, et faisant porter sa voix sans l'élever
trop haut :

« *Ah! si vous veniez à mourir!... si vous
sortiez de Rouge-Bourse couché sur le dos... et
moi debout... et vous bien mort et tout hideux!... ah! ce serait curieux!...* Tu as dit
cela aujourd'hui, madame Bassan, et le diable
t'a joué un tour!... Tu t'en iras debout, vipère !
et cette fois je n'y aurai pas mis les mains !...
Je me doutais ce matin qu'un bonheur m'arriverait!... Te rappelles-tu, malheureuse, que
dans la nuit du 19 octobre, tu désignais ma
nièce au poignard de Tarroux? ce compte n'é-
tait pas réglé?... Pauvre petite, tu voulais la
faire égorger! fais ta prière...

— Je l'ai faite! Dieu de miséricorde ! je viens

de me confesser à Dieu!... mais me laisserez-
vous mourir... Comment! encore un assassinat,
misérable!...

— Du tout, madame Bassan... je n'aurais
qu'un coup de pied à donner pour en finir...
et vous tomberiez sous onze pieds d'eau... Je
ne le donnerai pas!... Ce n'est pas sans une
volonté puissante que vous êtes venue vous
perdre à cette place!... Ah! furie! tu as voulu
voir mourir M. Bassan! je ne te vois pas, mais
je te devine!... Bon soir!... le bon Dieu me
prend en pitié, moi!... il m'a dispensé de te
pousser du coude... Mariage rompu! hideuse
créature, m'entends-tu encore? tu vas glisser
comme un poisson; la glace *reprendra* cette
nuit au-dessus de ta tête et te servira de couverture; nous te retrouverons au dégel!... »

Mme Bassan, qui n'osait faire un seul mouvement, fit un effort inouï et lança quelques
cris à pleine voix:

— Au secours!... Antoinette!... au secours!...

« — Non, — pensa Bassan en se relevant, — non, je n'y mettrai pas la main!... je ne la ferai pas taire... ce serait porter malheur à ma petite... »

Et avec toute la puissance de poitrine qui lui était permise, il chanta ce refrain tout en marchant vers la grille :

> Je m'appelle Sans-Chagrin !
> J'aime les filles, le bon vin !

« — Me voici, compère, — dit-il d'une voix très-élevée au cocher de M. de Sussy qui se tenait à la portière ; — sauvons-nous comme si le diable nous emportait...

— Il me semble qu'on appelle monsieur, là-bas...

— Du tout, c'est ma femme qui chante. »

Le mari de la malheureuse plongée jusqu'aux coudes sur onze pieds d'eau, prit place auprès de Laure-Antoinette, ne trahissant par aucun

mot la scène horrible dont il venait d'être
témoin, l'assassinat que consommait son atroce
inertie; toutefois, pendant le trajet, il resta
silencieux.

Il semblait que le comte de Sussy n'eût donné
cette fête que pour produire dans son salon
le propriétaire excentrique de Rouge-Bourse.
A l'entrée de Bassan et de sa nièce, les personnes déjà arrivées suspendirent leurs mouvements, leur conversation et regardèrent :
il y eut spontanément un cri d'admiration ; non
pas sur la transformation du sauvage châtelain
en bourgeois civilisé, mais pour saluer la
beauté d'Antoinette. Les on dit du pays avaient
répété qu'arrivée de très-loin, elle avait été
fort mal accueillie par ses vilains parents qui
l'avaient aussitôt employée comme une servante... et elle apparaissait comme une riche
héritière, tout à l'aise dans sa parure élégante,
mille fois séduisante et jolie !

Le comte de Sussy, qui, en amateur, l'avait
devinée telle, en fut cependant émerveillé: la

réception qu'il fit à son oncle s'en ressentit ; au lieu de l'aborder comme une caricature dont on veut s'amuser, il l'accueillit en propriétaire de château.

Comme la saison n'était point encore avancée, des personnages de distinction étaient venus de plusieurs lieues à la ronde. Le salon de M. de Sussy avait plus d'éclat que ne seraient parvenues à lui en donner les meulières de la Ferté, aussi le triomphe d'Antoinette fut-il complet ; les jeunes gens, en s'extasiant sur le charme indéfinissable qu'elle répandait autour d'elle, se hâtaient d'ajouter :

« Voilà l'empire de la beauté !... elle a dénoué, la matoise, les cordons de la bourse de ce vilain hibou.

— Vilain ! — pas trop ; moi, je le trouve agréable avec son air fauve et sa figure de guichetier... Il paraît qu'il a apporté des millions de l'Amérique.

— Gagnés à la pêche de la baleine? — demanda un *naturel* de la Ferté.

— Taisez-vous, — répliqua le jeune premier
clerc du notaire de M. de Sussy. — On ne
demande plus d'où viennent les millions; l'essentiel, c'est de les avoir. »

Quant au comte, l'effet produit par Laure-Antoinette le bouleversait; il appréciait tout ce
qu'il avait perdu en cédant à l'influence de l'abbé
Sigaud, et le trouble causé par sa convoitise
déçue était tel que le magnétisme eut tort: il
fut prévenant, affable, il ne put être *dominateur*;
la fascination se perdit dans l'activité stérile
d'un regard sans rayon. Antoinette ne fut aver-
tie par aucun symptôme de l'action d'une puissance mystérieuse; ses yeux restèrent bien
ouverts pour enchanter ceux qu'elle regardait;
sa poitrine, un peu oppressée par la timidité,
n'eut aucune agitation convulsive : elle ne res-
sentait, la naïve enfant, une gêne déconcertante
que lorsqu'elle tournait ses regards vers son

oncle. Le visage singulièrement pâle du vieillard, ses chairs *atonisées* par une anxiété intraduisible, lui donnaient un aspect de souffrance qui stupéfiait Antoinette.

La nuit s'avança ainsi. Le comte avait annoncé à son voisin que sa voiture le reconduirait ; mais Bassan, pressé par deux impatiences contraires, voulait partir et ne se hâtait pas ; enfin, à deux heures du matin, le salon se trouvant presque abandonné, et le comte de Sussy saluant ses invités pour leur dire adieu, il fallut partir.

Dans la voiture, Antoinette, autorisée par les attentions dont elle avait été l'objet, remercia son oncle en termes affectueux... et remarquant qu'il se taisait :

« Êtes-vous souffrant, mon bon oncle ?

— Non, je suis heureux. » — Il dit cela d'une voix froide et profonde.

Après un silence, il prit la main de sa nièce.

« Mais, mon oncle, votre main est glacée !

— Je te dis que je suis heureux, tellement que je crains de ne plus l'être, et c'est cette crainte qui me refroidit les chairs, qui me tiraille la poitrine et me rend muet auprès de toi... mais, dans mon silence même, sache deviner des sentiments qu'une existence entière ne suffirait pas à satisfaire !... Dieu ! que cette voiture va vite ! je voudrais qu'elle pût courir jusqu'au jour !... »

Il s'arrêta court : on arrivait à la grille de Rouge-Bourse.

Bassan aida sa nièce à descendre, remercia le cocher par *un bon soir*, ouvrit très-doucement la grille et la referma avec la même précaution. A quatre pas, il s'approcha d'un massif, y ramassa quelque chose : c'était le pistolet demi-arçon dont il avait renouvelé l'amorce.

Lorsque sa nièce et lui furent arrivés devant le perron :

« Pauvre tante, — dit Antoinette, — elle veille peut-être, inquiète de notre sortie... Je n'ai pas osé lui dire adieu ainsi parée..

— Ne vas tu pas vouloir lui dire bonjour?...
— dit Bassan presque bas. — Écoute... n'entends-tu rien?...

— Non, rien.

— Personne n'appelle?... Écoute bien...

— Personne; mais qui pourrait appeler?...
Vous me faites peur! »

Il s'échappa, courut le long de la maison, à la
fenêtre de la cuisine, se hissa, regarda pendant
deux minutes au moins et revint.

« C'est vrai, — je suis un sot; entrons. » —
Il tourna le bouton de la porte-fenêtre.

Bassan alla droit à la cheminée sur laquelle il
avait laissé un flambeau et un briquet, il alluma
très-vite d'une main tremblante; laissa échapper un soupir, pensée profonde et déchirante
enfermée par force dans l'abîme de son âme! il
portait sur son visage la pâleur de la mort; ses

II.   13

yeux étaient vitrés, ses cheveux étaient comme hérissés. Il se jeta aux genoux de sa nièce et lui cria d'une voix de tonnerre :

« Je suis heureux!... oui, heureux!... Tu avais peur, toi!... peur de quoi? de qui ?... de moi! de moi !... Tu crains ton oncle Bassan!... ce vieux que ton seul regard humanise! dont tu changes, par un sourire, les douloureuses idées!... Ah! tu as peur!... attends un peu !... »

Il se releva vivement, agile comme à vingt ans, courut à la fenêtre qu'il avait laissée ouverte, la ferma tout uniment sur son loquet, revint à la cheminée, et, s'aidant avec la flamme de la chandelle, il mit le feu à un monceau de petits fagots :

« Je veux que tu m'attendes... tu entends bien!... je le veux... »

Il courut vers un vieux fauteuil, le plaça près de la cheminée :

« Sieds-toi là, chauffe-toi ; tu es gelée, pauvre transie,... Attends-moi. »

Il avait glissé le pistolet dans la poche de son
habit, il le prit à sa main en s'aventurant dans le
corridor obscur; il ouvrit sa chambre et revint
en courant portant une espèce de traversin qu'il
jeta aux pieds de sa nièce. L'or tinta.

« Le riche s'endort sur la plume, sur le duvet,
n'est-il pas vrai? le riche!... c'est un gueux auprès de ton oncle qui s'endort sur le crin d'un
mince matelas... Et je t'ai maltraitée, et je t'ai
méconnue, toi! toi! que je veux rendre millionnaire ! »

Il se jeta éperdument sur le traversin, le dé-
chira avec frénésie. Vingt mille francs en or,
environ, coururent sur le parquet; et dans un
mouchoir qu'il ouvrit un monceau de *bankno-
tes* d'Angleterre, des billets de la banque de
France !...

« Voilà, ma nièce, voilà le pauvre Bassan !...»

Exténué par la rapidité de ses émotions, il s'appuya sur la cheminée, laissa fléchir sa tête et garda le silence.

Laure-Antoinette, à demi-renversée sur le dossier du fauteuil, entendait, voyait, ne comprenait plus ; elle suffoquait, elle croyait son oncle fou, elle croyait rêver ; elle pensait que cette soirée, que cette fête, que sa parure, sa présence dans cette chambre, ce vieillard, cet or, ces richesses, que tout cela n'était qu'un de ces cauchemars, tellement près de la réalité et du réveil, qu'on les éprouve encore, le sommeil dissipé.

« Allons, petite, allons, — reprit Bassan sur une cordre tendre et calme, toute nouvelle dans sa voix, — calme-toi, retiens avec bon sens la part raisonnable dans tout ce que tu entends, dans tout ce que tu vois... Tu étais bien fière, n'est-ce pas, pendant cette soirée où on te proclamait la reine d'une fête... eh bien ! la Providence te préparait un bien autre sujet d'orgueil : e le te faisait très-riche !..

— Moi, mon oncle !

— Qu'ai-je donc jeté à tes pieds !... est ce que ces *deux millions sept cent* et tant de mille francs ne sont pas à toi ?...

— A moi !

— Est-ce que tu ne voudrais pas être ma femme ?

Un coup épouvantable brisa les deux grandes vitres du bas de la porte-fenêtre.

Antoinette poussa un grand cri ; l'intrépide et sauvage Bassan fit un bond de cinq pas en arrière ; la porte s'ouvrit, et, dans les accidents de lumière et d'ombre projetés par la blanche flamme du foyer et la petite clarté de la chandelle, apparut Mme Bassan... fantasmagorique figure où la vie ne se révélait que par le rapide battement des paupières et par le mouvement du corps.

Sa tête était nue ; ses cheveux gris, demi-longs et rares, tombaient çà et là sur son dos,

autour de sa face, en lourdes mèches chargées
de glaçons; ses vêtements criaient à chaque pas
qu'elle faisait; une couche de glace solidifiait
l'étoffe et en raidissait tous les plis; elle n'avait
pas de chaussure aux pieds.

L'effet de la lumière, l'influence d'une température différente de celle à laquelle elle
échappait, et surtout, l'inexprimable désordre
de ses idées, la laissèrent muette pendant quelques secondes; mais, aussitôt que cette espèce
de somnambulisme fut dissipée par la présence
d'objets réels et saisissables par sa souffrance et
sa colère, elle cria à tue-tête :

« Je ne suis pas morte, monsieur Bassan !...
onze pieds d'eau m'ont rendue à la vie !... notre
mariage n'est pas rompu !... la glace ne m'a pas
servi de couverture!... je crois bien, je l'ai cas-
sée avec ma tête ! — Elle passa une main dans
ses cheveux et la retira rouge d'un sang caillé
sur la plaie. — Tu me regardes, effrontée avec
ta robe de noces ? c'est trop tôt, je ne suis pas

morte! Fille malhonnête, qu'es-tu venue faire dans ma maison? te marier sur ma tombe? Ma tombe s'est ouverte, et me voici encore près de vous, monsieur Bassan!... vous avez deux femmes!... »

Elle s'approcha de la cheminée. Antoinette, au comble de l'étonnement et de la terreur, recula son fauteuil d'une secousse violente et sans pouvoir se lever.

« Je te conseille de fuir ta tante, honteuse drôlesse qui veux épouser un assassin!...

— Épouser un assassin! moi! — cria enfin la pauvre jeune fille.

— Madame Bassan! — cria à son tour le terrible maître, mais comme strangulé, ne pouvant respirer librement ni articuler.

— C'est bien ce qui va vous désoler que je sois encore madame Bassan!... Eh bien! ce qui vient d'arriver me prouve que de nous deux,

monsieur Bassan, c'est moi qui mourrai la dernière... Je te conseille, *la demoiselle à M. Bas-*
san, de venir faire auprès de moi la crain-
tive, l'effarouchée, et de t'en aller en fête à
l'heure où ton oncle assassinait ta tante!...
Ah! tu te mets en habits de mariée avec l'or
volé à ces malheureux Sydney que ce misérable a égorgés...

— Juste ciel!... ma tante, revenez à vous!...

— Je ne ferai pas revenir les morts pour t'apprendre les crimes de ce scélérat; c'est moi qui
te les dirai... Il a tué mon fils!

— Votre fils! — s'écria Bassan; — comment!
votre fils?...

— Oui, Robert était mon fils... Il a massacré
ses maîtres!... il a tué mon enfant... — Elle s'é-
lança sur Antoinette, lui saisit un bras, le se-
coua rudement. — Voyons, stupide demoiselle,
rassemblez deux idées: vous n'avez donc pas le
souvenir d'une nuit affreuse où vous étiez à ge-

noux sur votre lit devant des gens qui criaient!...
Le petit Robert avait son berceau près du vô-
tre... est ce que vous ne vous rappelez pas qu'il
a poussé un cri déchirant?...

— Attendez donc!... s'écria Antoinette en
bondissant sur son siége et tombant droite devant sa tante ; attendez donc! oui, voilà que tant
d'horreurs me rappellent une nuit que j'avais
oubliée!... oui .. — Se tournant vivement vers
Bassan encore cloué contre la muraille et cherchant sa force et sa raison. — Oui, je vois mon
oncle tenant un couteau... j'entends des cris
sourds! je vois une maison qui brûle!...

— C'était lui qui tuait tout le monde autour
de lui et qui brûlait la maison! » — interrompit
avec une rage désordonnée la malheureuse complice en se jetant le corps en avant, allongeant
son bras et montrant audacieusement du doigt
son terrible époux.

« Où suis-je, Dieu puissant! qu'est-ce que

j'entends! qu'est-ce que je revois sous mes yeux!... » — Antoinette était éperdue.

Bassan, que l'énormité de cette scène inattendue avait terrifié jusqu'au mutisme, à l'inaction, parce qu'elle le précipitait, — contraste effrayant, — des délices amoureuses que son imagination furibonde avait rêvées ; Bassan retrouva enfin le sentiment de ce désastre qui s'annonçait autour de lui ; les homicides aveux de sa femme lui semblèrent ce qu'ils étaient réellement, la dénonciation qui appelle le bourreau ; et, comme poussé par le besoin de sa défense personnelle, il saisit le pistolet :

« Tu n'as la vie si dure, abominable mégère, que pour me faire mourir, moi! Tu révèles à cette enfant ce que ton cercueil et le mien devaient enfouir à tout jamais!... Assez de coups manqués par ma haine!... assez de résurrection comme cela!... tiens! tu n'échapperas pas cette fois... »

Il arma et ajusta ; mais Antoinette s'élança,

saisit le pistolet par le canon, l'arracha en même
temps que le doigt pressait la détente... le coup
partit : deux balles furent logées dans le mur
du côté des fenêtres... L'arme était à terre,
l'explosion eut un long écho !... et les trois personnages, acteurs de cette scène lamentable,
stupéfiés par ce bruit qui parlait plus haut que
leur désespoir ou leur colère, saisis d'horreur
par cette action qui était un crime nouveau,
s'entre-regardèrent en silence et comme hébê-
tés...

« Rentrez chez vous, ma nièce, dit Bassan
avec autorité. — Retirez-vous, madame, » —
dit-il à sa femme d'une voix presque honteuse

Mme Bassan se recula lentement jusqu'à la
porte-fenêtre dont elle avait brisé deux vitres
en entrant ; arrivée sur le seuil, elle fit un signe
de croix et regagna sa cuisine dont elle avait cru
être sortie pour toujours ! .. Antoinette alla en
chancelant vers sa chambre, ouvrit la porte, en
retira vivement la clé, s'enferma ; et, à bout de
force et de courage, tomba sur le parquet.

Bassan, resté seul, se frotta les yeux, se palpa, parut se chercher lui-même, promena autour de lui des regards effarés... Tout-à-coup il courut au flambeau, le déposa à terre, se mit à quatre pattes et ramassa, avec des mouvements rapides et convulsifs, ce trésor qu'il avait étalé et dispersé.

Le tout replacé dans les plumes du vieil oreiller, le prodigue, qui avait jeté une fortune aux pieds d'une enfant de dix-sept ans, la remporta, cette fortune, avec découragement, comme un de ces biens sans utilité, sans emploi, auxquels on ne tient plus que parce qu'on les possède, et qui ne vous inspireraient ni efforts ni sacrifices pour les obtenir. Il replaça sur son lit ce point d'appui de sa tête, qui *tant* l'avait fait *agir!...* mais, ne voulant pas revoir *la ressuscitée,* il laissa la couverture pour rideau sur la glace sans tain, et se coucha tout habillé.

Il faut laisser aux âmes intelligentes et généreuses le soin de comprendre les pensées, les souffrances de Laure-Antoinette après qu'elle se fut retirée dans sa chambre.

La chaise à porteurs.

XI.

Les habitants de Rouge-Bourse ne pouvaient
manquer d'avoir un bien triste réveil. Laure-
Antoinette dut, — dans sa parfaite innocence,
— avoir, la première, pris son parti. A elle,
toute générosité était possible, et sa noble nature se développant au milieu des horreurs

II.   14

d'une situation qu'elle dominait de toute sa pureté, elle voulut, toute pénétrée des abominables révélations qui lui étaient faites par ses souvenirs retrouvés et la colère vengeresse de sa tante, rassurer par son oubli, par le plus sublime des pardons, les deux êtres auxquels elle se rattachait par le pieux sentiment de la parenté.

Vers les neuf heures du matin, vêtue des bien modestes habits qu'elle portait le jour de son arrivée dans le château, elle entra dans la cuisine de sa tante, et, la voyant assise sous le manteau de sa cheminée, dans son vieux fauteuil à coussinets, elle alla se jeter à ses genoux et lui dit en fondant en larmes :

« Pauvre tante, vous avez bien souffert !...

— Et je souffre encore !... Que venez-vous faire ici ?

— Vous soigner !... vous défendre !... vous aimer !... Moi, qui ne sais rien de tout le mal qui se préparait autour de moi !... moi, qui n'ai

qu'un vœu, qu'un bonheur : honorer mes parents et rester fidèle à celui que j'aime !...

— Tu aimes ? — dit Mme Bassan en se soulevant et redevenant femme pour entendre cette
confidence qui purifiait aussitôt Antoinette à
ses yeux ; — tu aimes !

— Moi ?... d'un amour qui ne s'éteindra qu'a-
vec mon dernier souffle ! — s'écria la jeune fille
avec transport.

— Ainsi, les propositions de ton oncle ?...

— Silence ! — répliqua Antoinette avec une
autorité pleine de vertu et de dignité; —
silence ! je n'ai jamais laissé offenser mon cœur
par un seul mot qui pût offenser mon honneur
ni outrager *Louis Solmignac !*

— C'est ton amant?...

— C'est celui qui sera mon époux ! »

La malheureuse femme de Bassan fut vaincue
dans ses préventions et sa colère par cette ma-

nifestation énergique et vraie de l'amour de sa
nièce. Elle lui prit doucement la tête, l'appuya
sur ses genoux, la tint ainsi quelques instants
sans proférer une parole ; puis, l'éloignant avec
précaution afin de mieux la regarder :

« Dans l'épouvantable agonie de cette nuit
dernière, je me suis confessée à Dieu. Je me
crois meilleure ; je me crois presque purifiée et
pardonnée, car lorsque coulant au fond de la
pièce d'eau j'appelai Dieu pour qu'il recueillît
mon âme, une force surnaturelle me revint, je
remontai, ma tête ouvrit la glace, et ma main
saisit la branche d'un gros orme renversé...
Dieu m'avait entendue ; il ne voulait pas que je
mourusse ainsi, martyre, sans absolution, lâche-
ment assassinée !... Et ce matin, c'est toi qu'il
m'envoie pour m'apprendre qu'entre deux viles
créatures haineuses et criminelles il y a un ange
pour prier pour elles !... Laure-Antoinette, je
te demande pardon !...

— Pauvre tante !... Antoinette ne désire

qu'une chose, c'est que vous lui disiez avec
confiance : *Prends soin de moi, je t'aimerai !*...
Dans quel état vous êtes, bon Dieu !... Ces vêtements trempés, changez-les !...

— Jamais !

— Mais vous avez une grande fièvre, vous
êtes bien souffrante !...

— N'importe ; c'est un vœu ! Je mourrai
dans ces vêtements et sur ce siége s'*il* ne meurt
avant moi...

— Ma tante... ne pourriez-vous pardonner ?

— Jamais ! il a tué mon fils !...

— Oh ! ne me redites pas cela !... car j'ai tout
oublié... Mais vous ne pouvez rester ainsi ! vous
avez besoin de soins ; du feu, d'abord, du
feu !...

— Je n'ai pas de bois.

— J'en trouverai.

— Ne vas pas sur la pièce d'eau, pauvre enfant! »

Laure-Antoinette ne perdit pas de temps.
Elle se releva, courut à la réserve, à l'extrémité
du château ; elle prit dans ses bras délicats deux
fortes bûches, un demi-fagot, revint en hâte,
disposa le feu après avoir fait reculer le fauteuil
de sa tante, et dans ce foyer, dont les toiles
d'araignées faisaient paisiblement la toiture,
elle alluma un vrai feu de château.

«Mais, pauvre petite, ton oncle t'assommera,
ne pouvant plus te séduire !...

— Mon oncle me remerciera! — répondit
l'ingénieuse et noble enfant avec calme, avec
dignité. — Il m'a appelée la *demoiselle* de Rouge-
Bourse, je veux l'être ; oui, je le veux! pour y
remplir tous les devoirs que me prescrivent
mon titre et ma parenté... »

La couverture qui couvrait la glace sans tain
tomba. Bassan parut derrière ; il regardait ce

qui se passait dans la cuisine. Antoinette n'en interrompit pas un de ses mouvements ; elle cherchait un vase bon pour être approché du feu et y préparer une tisane pour sa tante. Elle le trouva, l'emplit d'eau, le plaça devant l'âtre...

« Il vous faut transpirer, ma tante. Je vais chercher de la fleur de sureau et de la fleur de mauve... j'en ai vu dans le parc... »

Elle sortit. Bassan, après avoir regardé longtemps, marcha de long et de large dans sa chambre, les bras croisés, la tête abaissée sur la poitrine. Lorsque sa nièce revint, il stationna encore devant la glace, ne faisant aucun mouvement, ne prononçant pas un seul mot.

« Ma tante, je vais être votre garde-malade ; je vais vous soigner... je me connais aux maladies. Mme Tomson avait une grande science ; elle savait, disait-elle, tout le *codex* de botanique et de pharmacie... Après cela, ma tante, il faut changer votre régime ; la mauvaise nourriture, le manque d'aliments causent surtout votre épuisement : ce matin, de la tisane, et ce soir, un petit dîner qui réconforte votre estomac.

— Et de l'argent, pauvre enfant ! ..» — dit Mme Bassan avec incrédulité.

Antoinette alla sans hésiter à la porte de son oncle, tira le verrou et frappa du doigt. Bassan ouvrit.

La jeune fille prit la main du vieillard, y posa ses lèvres, le regarda avec un angélique sentiment de respect et *d'indulgence* et lui dit, sur le ton d'une habitude prise :

« Mon oncle, voulez-vous me donner de l'argent ; il y a bien des petites dépenses à faire autour de vous, et il faut que votre nièce y songe. »

Bassan, dont le visage avait extrêmement pâli, rougit un peu, ses sourcils se froncèrent ; il laissa un temps sans répondre ; puis, fouillant dans la poche de son gilet, il présenta une pièce d'or à Antoinette.

« Mais votre dépense, comment la ferez-vous? — demanda-t-il avec douceur.

— Un berger de Tanqueue vient auprès de Rouge-Bourse avec son troupeau : je garderai le troupeau et le berger ira à la Ferté. »

Cette réponse fut faite avec une ingénuité charmante.

« Faites donc, » dit Bassan avec tristesse et condescendance.

Il était évident qu'une révolution cherchait à s'opérer dans l'organisation du sauvage et criminel Bassan : après être monté au faîte du crime et de l'horreur, il redescendait, comme malgré lui, dans les sphères tempérées de la réflexion... du repentir, peut-être...

Tout le temps que sa nièce mit à se rendre auprès du berger, à lui bien expliquer ses commissions, à l'attendre, à revenir ; pendant près de deux heures, Bassan resta assis sur son lit, anéanti, abîmé dans la tourmente de ses pensées.

Vers le milieu de la journée, la cloche avertit d'une visite. Antoinette courut à la grille : c'était l'abbé Sigaud se tenant auprès d'une chaise à porteurs que traînaient deux hommes de peine.

« Votre oncle, mademoiselle? — demanda l'abbé.

— Il est là, dans le château.

— Permettez que nous vous suivions...»

Bassan, saisi de surprise, vint au-devant de cette étrange visite.

L'abbé le salua poliment et lui demanda où il pourrait convenablement faire entrer Mme Bassan, la centenaire de la Ferté.

« Mme Bassan !...

— Votre parente, monsieur...

— Je l'ignore, mais dans tous les cas, le pauvre château est bien mal disposé pour recevoir de nombreuses visites...

— Une chambre, la plus simple...»

Bassan montra la fenêtre aux vitres brisées du salon. Alors l'abbé, ouvrant la portière de la chaise, présenta son bras à la vieille dame qui, se soutenant de l'autre main sur le bras d'Antoinette, monta les quelques marches du perron et se plaça dans le fauteuil occupé la nuit dernière par Antoinette.

« Je suis *le directeur* de Mme Bassan, monsieur ; son grand âge l'autorise à exiger, et elle exige que je reste auprès d'elle pendant la conversation qu'elle désire avoir avec vous seul.

— On m'avait dit que la centenaire de la Ferté était tombée en enfance, — dit Bassan avec rudesse et sans aucun ménagement pour la vieille dame.

— Tombée en enfance, soit ! *mon neveu...* Mais, par accident, le bon sens m'est revenu...

Petite Laure, que voilà si gentille et si troublée
devant votre vieille amie, retirez-vous... Maintenant, *mon neveu*, placez-vous là près de la cheminée afin que je vous voie et que vous m'en-
tendiez... je vous ai vu bien petit !...

— Cette dame est-elle dans son bon sens ? —
demanda le châtelain à l'abbé ; je ne la connais
pas ; que peut elle me vouloir ?

— Veuillez écouter, monsieur », —répondit
sévèrement l'abbé Sigaud ; et, comme par discrétion, il se retira au fond de la pièce.

La centenaire fit signe à Bassan de s'approcher bien près d'elle.

« Dépêchons nous, j'ai grand froid ! et votre
vue me fait beaucoup de mal... je viens vous demander ma nièce. .

— Antoinette ?

— Oui.

— Vous voulez l'emmener ?

— Oui.

— Jamais , — s'écria Bassan avec trouble, — jamais !

— Mettez-vous bien près de moi... que personne ne nous entende ! Vous rappelez-vous sa mère ?...

— Non.

— Vous mentez, car vous pâlissez... Vous vous rappelez ma nièce, c'est bien sûr... Eh bien ! je ne veux pas que vous déshonoriez, que vous tuiez sa fille...

« Silence, monsieur, — reprit la centenaire en élevant davantage la voix et lui donnant un caractère d'autorité que son état de faiblesse rendait surprenant. — Silence !... je savais bien près de qui je venais en venant ici !... vos méchants yeux et vos *hochements* d'épaules ne signifient rien pour moi, et, s'il vous reste encore un peu de prudence dans l'esprit et un bon sentiment dans le cœur, au lieu de me

regarder comme vous faites, baissez les yeux,
assassin d'une enfant que j'adorais!... J'ai cent
ans; je parle de la tombe, mais la planche du
cercueil n'est pas encore abattue sur ma tête!..
et, si vous n'avez ni pitié, ni respect pour une
bien vieille femme, il se ferait au milieu des
juges un profond silence si je voulais leur parler, leur raconter le viol d'une pauvre gentille
femme qui s'est tuée pour ne pas faire connaître
sa honte!... Je n'ai qu'un souffle; ma parole
peut s'éteindre avec ma vie, à chaque mouvement de l'horloge; mais, si vous ne m'obéissez
pas, ce souffle en s'exhalant vous accusera!...
Peine éternelle aux mourants dont les derniers
mots sont un mensonge! Malheur en ce monde
et dans l'autre à qui insulte à la dernière parole
d'un mourant!... »

Dans l'alternative où Bassan se trouvait placé,
il ne pouvait penser ni agir sous une influence
d'accident; malgré les secousses qu'il venait de
subir, sa sagacité ni son audace n'étaient pas à

bout ; *l'ombre* d'une femme et un prêtre, seuls témoins de cette dernière lutte, mis en balance avec la nature d'intérêt que l'on venait attaquer, ne pouvaient l'emporter et lui arracher une détermination qui ne résulterait que de sa faiblesse.

« Enfin, madame, que me voulez-vous ?

— Je veux emmener la fille de votre frère...

— Pour que dans vingt-quatre heures, peut-être, elle soit sur le pavé ?

— Dieu ne permettra pas que je meure avant que d'avoir assuré le sort de la pauvre enfant!...

— Est-ce que son sort n'est pas plus assuré auprès de moi qu'auprès d'un suaire!... »

La centenaire battit dans ses mains et fit effort pour tourner la tête; l'abbé Sigaud s'approcha.

« Venez, monsieur l'abbé, venez lui dire tout ce qu'il faut pour le convaincre... il a le vertige des méchants; il ne comprend pas son danger...

— Je vous demande en grâce, monsieur,—dit l'abbé Sigaud avec fermeté, — de respecter les dernières heures de votre parente et d'accéder à sa demande...

— Je vous demande en grâce, monsieur, — s'écria Bassan, heureux de pouvoir élever le ton, — je vous demande de comprendre la démarche que vous faites ici. J'honore beaucoup une centenaire, cela donne une belle idée du sang des Bassan, mais personne ne me fera la loi... Ma nièce est ma nièce : elle a traversé les mers pour venir jusqu'à moi; elle est chez moi, qu'elle y reste... Pour vous, mon cher monsieur, sachez que je n'ai jamais laissé les prêtres se mêler de mes affaires... Depuis votre dernière visite en capucinade, j'ai su qui vous étiez, et je ne vous trouve pas assez relevé *d'interdit* pour que j'aille à votre confessionnal...

— Miséricorde ! — s'écria la vieille dame en

regardant avec effroi le rude personnage, — est-
ce là ce qu'il nous faut entendre!

— Il me semble que je n'ai pas été vous chercher.

— Mais, monsieur, — dit l'abbé, — vous
pouvez être responsable d'un triste évènement;
ne voyez-vous pas que Mme Bassan est épuisée,
que tout chagrin sur le seuil extrême de la vie,
où elle est, peut lui être funeste!

— Le mieux serait donc de l'emmener, —
répliqua Bassan avec une impatience méchante.

— Mais sais-tu pourquoi, misérable! dans
mes rêves, je t'ai vu commettre des crimes!
c'est qu'une nuit, lorsque tu étais encore petit
enfant, tu t'es levé et tu as été au lit de ta mère
qui dormait, et avec tes mains, heureusement
trop faibles, tu lui as serré la gorge pour l'étran-
gler... et depuis!... »

Un hoquet coupa la parole de la centenaire;
elle s'affaissa sur le fauteuil. M. Sigaud s'em-

II.   15

pressa auprès d'elle ; remarquant que son souffle devenait bruyant et difficile, il appela les porteurs : Laure-Antoinette entra avec eux.

« Mon Dieu ! — dit-elle en voyant le trouble de l'abbé, — est-ce qu'elle se sent mal !

— Elle se meurt... »

Antoinette tomba à genoux auprès de la centenaire.

« Ame sainte !... parlez de moi à ma mère, » dit-elle avec larmes et ferveur.

Comme elle se relevait pour tenter des secours, elle sentit la main glacée de la vieille femme qui la retenait.

« Emmenez-moi d'ici, — dit l'aïeule des Bassan d'une voix tellement faible qu'elle semblait un vague murmure. — Laure Bassan, suivez-moi...

— Restez, ma nièce, — se hâta de dire le châtelain de Rouge-Bourse.

— Mon oncle... il faut obéir à la voix des mourants... j'obéis à la sainte dame qui m'a parlé de ma mère et qui m'a promis de m'aimer. »

Cette réponse fut faite avec un calme si pieux, avec une fermeté si mesurée, qu'à moins de tout se permettre devant ces étrangers, il était impossible à Bassan de résister.

Les porteurs enlevèrent la centenaire et la déposèrent, vivante encore, dans la chaise. Antoinette se mit près d'une des glaces de côté, et le cortége étrange sortit du fatal Rouge-Bourse.

Cinq cercueils.

XII.

Bassan éprouva la plus pénible anxiété lorsqu'il vit Laure-Antoinette dépasser la grille du
château. Les révélations qui venaient d'être faites en présence de l'abbé Sigaud le préoccupaient
peu. Cédant plutôt au fait matériel qu'à l'idée, il
avait perdu, — s'il l'avait jamais connue, —

cette susceptibilité dans les organes moraux qui s'inquiète de l'opinion et, dans un évènement, voit autant l'évènement lui-même que son appréciation dans l'esprit des autres.

Cette centenaire, la confidente de son premier crime, de l'attentat sur sa belle-sœur, la mère d'Antoinette! l'agonie de la centenaire provoquée par lui, par ses sauvages paroles ; ce prêtre qui pouvait parler, ce n'est pas de cela qu'il se troublait, mais de l'absence de sa nièce! On était venu pour la lui arracher, pour enlever de ses yeux l'objet de sa fantaisie insensée et criminelle ; on avait voulu qu'il restât seul... et ceux qui avaient prémédité cette séparation partaient avec Antoinette! Une fois à la Ferté n'emploierait-on pas quelque moyen pour garder la jeune fille? La peur lui en vint, à ce Bassan sans idéalité, dont cependant l'imagination allait si vite à cet instant ; toutefois, il conserva assez d'empire sur lui pour ne pas aller empêcher avec violence ce qu'il semblait avoir permis : il attendit.

La nuit venue, Laure-Antoinette n'était pas rentrée dans Rouge-Bourse. Sérieusement alarmé, Bassan partit pour la Ferté; il savait parfaitement où était située la demeure de la centenaire qu'il avait toujours dit ne pas connaître : il s'y rendit.

Lorsqu'il entra dans la rue, l'horloge de la paroisse sonnait dix heures du soir et la cloche tintait le glas. Bassan compta l'heure et ne prit pas garde à *la voix des morts*. Une grande clarté, partant d'une fenêtre de rez-de-chaussée, éclairait la rue de ce côté : cette fenêtre était celle du petit salon de la centenaire. Bassan s'avança avec précaution, pencha sa tête devant les vitres et aperçut dans l'appartement une chapelle ardente... Un lit mortuaire entouré de cierges, deux prêtres, plusieurs femmes en prières; parmi elles, Laure-Antoinette. Il recula involontairement et fut obligé de s'appuyer sur la muraille : *cinq cercueils* pesaient sur sa tête ! ses robustes épaules commençaient à ne plus y suffire.

Après un temps de violente émotion, il chercha une borne, s'y assit, et y passa la nuit entière.

Bassan, dépourvu d'idéalité, ne raisonnant jamais que sur le fait, pouvait cependant se trouver aux prises avec des retours imprévus, résultat de la surcharge d'infamie qu'il avait amassée sur sa tête.

Pendant cette longue nuit, il fit, lui aussi, sa *veillée des morts ;* l'humidité, la rigueur de la température, ne parvinrent pas à refroidir son front échauffé par les affreux spectacles qui passaient devant ses yeux ; il chercha en vain dans le cours d'une existence de plus de soixante années une bonne action derrière laquelle il put se réfugier : pas une ! Ce que les plus abjectes natures parviennent presque toujours à découvrir au milieu du fumier de leurs actes, — la perle d'une bonne pensée, d'une bonne intention, d'une bonne œuvre, — il ne le trouva pas ! Fatal concours des circonstances ou résistance absolue aux bons mouvements, il était *complet* dans le mal ; il était infâme sans démenti, sans atténuation.

Cette condition, honteuse à ce point, a cela de vraiment affreux qu'elle empêche le repentir, qu'elle semble nécessiter la continuité, — n'offrant aucune voie à l'espoir dans le changement. Chez le criminel qui renonce au mal sous l'influence d'un doux rayon de soleil, d'un gracieux regard de femme, d'un cri d'enfant, — reste le souvenir de ce moment exceptionnel, et, dans les plus vilains instants de sa vie, il se complaît à se croire meilleur qu'il ne sait être, par cela seul qu'il a été bon une fois ! Et, par un effet de la mystérieuse action providentielle sur la conduite des hommes, à cette vanité inspirée par le bien a été dû souvent le renoncement à un crime nouveau ; dans ce cas, encore, la loi du *libre arbitre* n'était pas violée, puisque le criminel semblait n'en appeler qu'à lui-même pour épurer sa pensée.

Mais chez Bassan, l'action providentielle manquait de prétexte pour l'amener dans un

chemin plus moral et plus pur; le rationnel de la
miséricorde ne trouvait où se prendre pour
exciter à mieux cet homme complètement mauvais !

Aussi, ses réflexions, son retour lugubre sur
lui-même, ne causèrent-ils en lui qu'une fatigue
accablante, un sentiment d'horreur profonde ;
rien pour l'adoucir et le consoler; mille poi-
gnards pour le déchirer, mille colères pour
l'emporter dans sa voie affreuse, mille projets
pour satisfaire la brutalité d'une passion devenue pour lui son unique bonheur possible !

Le jour venu, vers les sept heures du matin,
la première personne qui sortit de la maison de
la centenaire, ce fut Laure-Antoinette. Elle avait
rempli un pieux devoir; elle retournait, rési-
gnée, auprès des êtres malheureux dont sa sollicitude pouvait amollir la haine, adoucir la destinée.

« Mon oncle ! — s'écria-t-elle en apercevant
Bassan.

— Je suis là depuis hier soir.

— A cette place!... à l'air, au froid! mais vous auriez bien moins souffert à prier près de la centenaire...

— J'aurais bien moins souffert si ma nièce, plus obéissante, n'eût pas quitté ma demeure contre ma volonté...

— Elle se mourait!... et elle a aimé ma mère!... »

Bassan ne répliqua rien. Après quelques pas :

« Voyons, indisciplinée jeune fille, donnez-moi votre bras... je suis bien fatigué, mais ma vieillesse suffit encore à soutenir votre jeunesse délicate. Retournons au vieux château, je t'y aime mieux que sur les chemins. — Quand est morte la vieille dame?

— Nous avons pris un grand sentier qui mène à un chemin au-dessus de la Marne ; arrivés devant le cimetière, les porteurs ont fait une halte... je me suis approchée ; la vieille dame a paru vouloir me parler ; je n'ai senti que son souffle glacé sur mon visage : elle était morte.

— Ainsi elle ne t'a rien dit avant que d'arriver au cimetière ?

— Rien.

— Et ce prêtre ?

— Il m'a dit de venir me confesser...

— Ah ! bah !... et quand ?

— Après-demain, à midi.

— Tu n'iras pas ?

— J'ai répondu qu'il m'était impossible de me choisir moi-même un directeur de conscience...

— Sagement parlé. Qu'a-t-il objecté ?

— Il a dit que la centenaire voulait me confier à lui...

— Je vous dis !... la vieille folle !...

— Mon oncle, c'est une sainte dame ! tant de vieillesse est une faveur de Dieu !...

— Cela lui a servi à grand'chose !...

— A être honorée jusqu'au dernier de ses jours.

— Tati, tatou ; parlons d'autre chose. Dorénavant, mademoiselle, vous retiendrez bien que vous ne devez pas sortir de Rouge-Bourse comme une hirondelle sort d'un nid... Voyez la jolie nuit que vous m'avez fait passer !...

— Mon oncle, toute cette nuit j'ai prié pour vous.

— Merci. »

Le vieillard voulut répondre ce mot avec sa sécheresse ordinaire ; mais, espérant trouver une part dans son vilain amour, dans les mots les plus ingénus qui échappaient à la jeune fille, il aima cette assurance de prières faites à son intention et pressa tendrement le bras de sa nièce en lui adressant un regard tout *énamouré*. Chaleur perdue : Laure-Antoinette conservait religieusement en son esprit les impressions graves et douloureuses de sa veillée; et dès qu'elle entra dans Rouge-Bourse, échappant au bras de son oncle, à ses blandices flatteuses, elle courut auprès de Mme Bassan lui raconter la mort de la centenaire.

« Comment! *mademoiselle,* vous avez passé toute votre nuit à genoux dans une chapelle ardente? Est-ce vrai ce que vous dites là?

— Où pouvais-je être sans cela?

— C'est vrai, *ma fille,* c'est vrai... Oui, je le crois, aimable et naïve enfant!... il ne faut que te regarder avec attention pour découvrir sous ton joli visage l'honnêteté de ton cœur!... Et *lui,* qu'était-il devenu?...

— Assis sur un banc de pierre, dans la rue.

— Toute la nuit?

— Toute la nuit.

— Saint homme !...

— Pensons à vous, ma tante. Toujours bien souffrante ?

— Toujours, et cependant une indéfinissable sécurité d'esprit m'est venue et me fortifie ; car il faut bien que tu le saches, ma nièce, ces horreurs que tu as vu se dérouler sous tes yeux; l'autre soir, je n'étais pas née pour les connaî-tre... J'ai aimé un être bon et humain ; j'ai connu, par conséquent, les pensées douces, le bonheur de l'intimité. Je te dis cela pour que tu comprennes ce que ton charmant caractère peut faire pour ma consolation ! En me rappe-lant de loin, je puis parler ta langue, penser avec tes idées... J'ai aimé ! je te l'assure ; et il n'y a pas d'affection forte et vraie qui ne dis-pose à la bonté...

— Je le crois, ma tante.

— Arrangeons, si cela est encore possible, hélas ! une existence habilement défensive contre les brutalités de M. Bassan ; opposons une négative patience à ses exigences, à ses emportements. Toi, surveille tes mots, tes mouvements ; — retire de sa fantaisie stupide tout ce que permet le devoir ; adoucis-le autant qu'il sera en toi de le faire sans encourager ses méchantes idées ; et, peu à peu, qui sait ! Dieu est bon ! Dieu est grand ! peut-être parviendrons-nous à ensevelir dans le silence de cette malheureuse maison le passé d'autrefois et celui d'hier !... J'ai grand besoin de repos, je serais si heureuse de l'obtenir ! »

Cette causerie replaçait les habitantes de Rouge-Bourse dans une condition normale, elle rétablissait un salutaire équilibre dans leurs facultés ; un mieux réel pouvait en résulter. Une tentative fut faite par Laure-Antoinette qui tendait à amener, sinon une réconciliation entre les deux époux, du moins l'observation mutuelle

des convenances dans la vie en commun. Elle
aborda son oncle et lui dit :

« Vous aussi, mon oncle, vous être souffrant,
cela se voit bien. C'est votre perpétuel isolement
qui vous dispose à l'irritation ; puis, vous n'avez
pas un train d'existence qui vous convienne ;
votre nourriture est insuffisante et mauvaise ;
vous reviendrez à un meilleur régime, vous
règlerez vos repas, n'est-il pas vrai ?... Aujourd'hui, voulez-vous dîner à table, ici, dans
ce salon ?...

— Avec toi, je le veux bien...

— Avec ma tante...

— Que j'aie Mme Bassan devant mes yeux !
cela n'est pas possible.

— Pauvre tante, sa vie s'éteint ; si vous sa-
viez comme elle est disposée à ne mourir que
réconciliée avec vous !

— Qu'elle crève et qu'elle me laisse tranquille !

— C'est odieux ce que vous dites là!... Est-
ce qu'il est possible de vivre, la haine constamment sur les lèvres?... Vous m'effrayez pour
moi-même ; comment voulez-vous que j'espère
de vous des bons traitements, de l'affection,
lorsque je vous vois si dur, si implacable pour
une pauvre femme torturée par la macération
de l'esprit et du corps !

— Allons, eh bien! voyons, ne vas-tu pas
me gronder?... Est-ce que je songe à te fâcher,
toi ! ta diablesse de figure, tes petites mines,
tes petites manières ont un je ne sais quoi qui
me subjugue et me rend tout rêveur. Je veux
bien ne rien dire qui te choque à l'égard de ta
tante ; je me surveillerai, j'y prendrai garde, je
te le promets ; mais si tu me fais asseoir en face
d'elle, les bouchées m'étrangleront, j'en suis
sûr... Plus tard, quand bien des émotions sinistres seront calmées, je ne désespère pas de m'y
résoudre ; mais, maintenant, ce serait mal à toi
d'insister...

— A la bonne heure, mon oncle, j'aime mieux vous entendre parler ainsi ; lorsque le mauvais entêtement s'en va, on est bien près de s'accommoder avec ce qui déplaisait le plus...

— Et tu seras bonne pour ton vieil oncle, petite matoise ?

— C'est mon devoir de l'être.

— Et tu ne t'effaroucheras plus d'une bienveillance qui n'a en vue que ton bonheur ?...

— Le frère de mon père ne peut me vouloir du mal.

« Attends un peu, — pensait Bassan après cet entretien où il se montrait évidemment modifié, — laisse arriver un moment favorable, et tu verras si le frère de ton père ne peut pas aimer sa nièce comme il aima ta mère !... »

Il soutint cette abominable pensée avec un aplomb digne de ses plus mauvaises inspirations.

La jalousie.

XIII.

Le soir du même jour, vers les dix heures environ, Bassan n'ayant aucune résolution prise,
pressé seulement par son *idée fixe*, sortit de sa
chambre, marcha avec précaution dans le corridor jusqu'à la porte de la chambre d'Antoinette. Là, il appliqua son œil sur le trou de la
serrure, large ouverture comme le permettaient

les anciennes serrures des vieilles habitations.

Laure-Antoinette venait d'achever ses préparatifs de nuit. Le négligé imprévoyant de l'unique vêtement qui la couvrait livrait sa poitrine
aux regards indiscrets de son oncle, et le vieillard, à ce spectacle inattendu qui flattait sa las-
cive ardeur, eut peine à retenir un cri de joie. Il
suivit facilement tous les mouvements de sa
nièce, dont la lumière était placée près du lit.

Antoinette s'agenouilla, et, appuyant sa tête
sur les couvertures, fit sa prière du soir ; prière
longue, qui enfermait dans sa fervente pensée
le misérable qui en ce moment même outrageait
de sa curiosité brutale sa chasteté inattentive.

Son oraison terminée, la jeune fille se releva,
prit sous son traversin un petit portefeuille, en
tira une lettre... la lut et la couvrit de ses baisers, la relut encore et l'embrassa encore, avec
une effusion telle que les larmes lui vinrent et
qu'elle s'écria, entraînée par sa passion :

« Mon Louis !... seul et bien-aimé rayon de

ma vie... rends-moi ta clarté, montre-toi!... »

A ces gestes, à ces paroles, Bassan ressentit la douleur qu'aurait pu lui causer un coup de poignard! il lui manquait pour compléter le terrible développement de ses passions, la plus terrible de toutes chez les méchants vieillards, — après l'avarice, — la jalousie! qui est encore de l'avarice. Il poussa un rugissement, frappa un coup violent contre la porte, et, sans aucune précaution, cria à pleine voix :

« Ma nièce, mademoiselle Bassan, ouvrez-moi à l'instant! »

Antoinette, épouvantée, glissa le portefeuille et la lettre entre les draps du lit et répondit toute tremblante :

« Mais, mon oncle, je ne puis pas, je suis toute déshabillée... que me voulez-vous?

— Ouvrez, ou je casse la porte! »

La jeune fille courut à un fauteuil pour y

prendre sa robe. Bassan, d'un coup de pied, fit sauter la serrure mal fixée, se précipita dans la chambre, arracha des mains de sa nièce la robe dont elle cherchait du moins à se couvrir la poitrine, saisit brutalement la main de la pauvre enfant, dont il dévorait, impudique, les charmes ravissants, offerts sans voile à ses regards, et d'une voix furieuse :

« Que disiez-vous ?... qu'embrassiez-vous avec tant d'ardeur ?... pourquoi pleuriez-vous?... J'y pense, ça doit être un Louis Solmignac, un marin... Montrez-moi cette lettre ! montrez-la-moi, ou je vous casse le bras et je mets le feu à la maison !

— Tuez-moi !... vous n'aurez pas cette lettre !...— s'écria Antoinette soutenue par une colère généreuse et pleine de courage, parce que, outre qu'elle avait à défendre un gage de son amant, elle sentait que sa chasteté ne serait protégée que par une excessive énergie.

— Veux-tu me donner cette lettre ? — cria

Bassan l'écume sur la bouche, le visage bouleversé.

— Non, vous ne l'aurez pas ! »

Bassan, ni intimidé, ni vaincu par cette résistance, mais cherchant réellement à voir juste dans ce qu'il voulait faire, lâcha le bras de sa nièce, changea brusquement de voix et d'attitude, se jeta à genoux devant la jeune fille.

« Aie pitié de moi, petite Antoinette ; aie pitié de toi-même !... Je puis tout pour le bien si tu m'entends, si tu m'écoutes, si tu me livres ce souvenir d'un amoureux que je tuerai, sois-en certaine !... Pitié, regarde-moi !... commande, ordonne, dispose de tout, traite-moi en esclave ! mais à ce moment obéis-moi encore ! Donne-moi cette lettre !...

— Je ne puis vous répondre dans l'état où je suis... laissez-moi m'habiller ; après je vous dirai tout, je vous expliquerai tout ! Vous verrez, vous serez le premier à approuver mon amour... »

Bassan bondit !

« Ton amour! mademoiselle Bassan; ton amour!
je le briserai dans ton cœur que j'écraserai sous
mes pieds !... Ah! c'est cet amour qui te fait
te moquer de ton oncle !... J'aurais respecté ta
jeunesse, j'aurais subi la torture de ta résistance;
mais il y a un amoureux qui te fait pleurer !
dont tu embrasses les lettres... Pleure sous
mes baisers ! embrasse le vieux Bassan !... »

Il la saisit, la renversa presque nue sur le
lit... A ce moment, distinctement, comme s'il
fût parti de la chambre même, un long cri de
hibou retentit jusqu'à trois fois!

« Tarroux ! » s'écria Bassan en se rejetant
en arrière contre la cheminée.

Tarroux! le nom de cet homme réalisait,
pour tous les sens de Bassan, les plus sinistres
effets de la cloche d'alarme.

Dans la situation satanique où les deux complices se trouvaient vis-à-vis l'un de l'autre,

l'annonce de Tarroux amenait avec elle tous les
piéges, toutes les ruses, tous les genres de
mort! L'effroi du bagne de Brest, l'intelligence
influente de la police de sûreté se représentant
dans Rouge-Bourse, avait trouvé, cela n'était
pas douteux, le moyen de meurtre et de vol qui
convenait à sa vengeance.

Tarroux avait dit: « *Je t'avertirai trois jours
avant que de mettre mon chapeau pour aller à
toi.* » Le signal fatalement donné dans la nuit
du 19 octobre, le lugubre cri du hibou, disait
certainement *Tarroux*, mais devait, selon l'engagement pris, le précéder de trois jours.

Bassan ne calcula pas ce délai qui pouvait lui
être laissé. Il eut peur; de cette grande peur
compréhensible chez le plus intrépide, lorsque le danger qui l'inspire a été promis de mille
façons, dans des circonstances inouïes et par
une volonté implacable.

Il devint aveugle devant tant de charmes li-
vrés aux tentatives de sa brutalité; il oublia
cet amour qu'il s'était réservé comme un bon-

heur. Il se sauva, — honteux fuyard ! Il courut à sa chambre, réunit ses armes, son sabre, ses pistolets, et passa plus d'une heure à écouter tous les bruits avec une de ces anxiétés qui peuvent tuer un homme en faisant monter à son cerveau toutes les forces de son être.

Nul autre bruit que le claquement incessant des branches des grands arbres balancés par un vent de nord-ouest.

L'étoile.

XIV.

Mais tandis que Bassan avait peur de la vengeance arrivée sur le seuil de sa demeure,
Laure-Antoinette, relevée de la secousse qui lui
avait été imprimée par un bras terrible, furieuse, désespérée d'avoir subi un tel outrage,
qui semblait à ses chastes serupules être un ou-

trage pour son amant, jura avec toute l'énergie
de la piété insultée d'échapper à la honte, au
scandale de pareilles violences. Pendant la nuit
entière elle resta à genoux et pria. Elle appela
Dieu, la Vierge et tous les saints à son aide !

« La misère ! — murmurait-elle en pleurant,
— mille fois la misère, la mendicité par les
chemins, de la paille, du pain noir et de l'eau,
plutôt que cet infâme esclavage qui m'expose à
tomber mourante aux pieds d'un scélérat !....
Je voulais leur pardonner, mon Dieu, vous le
savez ! je voulais vaincre mon épouvante en les
considérant tous deux !... On ne me tient compte
d'un si incroyable effort sur ma raison que pour
se faciliter l'occasion de m'outrager !... Protégez
ma fuite, ô mon Dieu !... et toi, dont la main
saintement vengeresse porterait la mort autour
de moi si tu étais là pour voir l'infamie dont
on veut accabler ta Laure bien-aimée ! .. toi, à
qui j'ai tout donné, même le pouvoir de me tuer
si je te suis infidèle ! Louis Solmignac, âme vrai-

ment excellente, que la bonté de la Providence te porte ma prière, mes gémissements, ma douleur amère, et qu'elle t'inspire de venir où je suis; en te jetant comme fil conducteur une de mes larmes... une de celles que je ne verse pas aux pieds de la Vierge, moi, pauvre épouse sans époux! mais que je répands, abîmée dans mon chagrin, sur ton noble front!... »

Lorsque vint le jour, elle avait irrévocablement pris son parti; c'est au milieu des *sœurs Visitandines,* tenant l'hôpital de la Ferté-sous-Jouarre, qu'elle avait résolu de se réfugier. Elle avait entendu dire que, épuisées par la fatigue d'un dévoûment sans récompense temporelle et sans assistance suffisante, les Visitandines de la Ferté mouraient promptement et saintement; et, dans les arrangements de son désespoir, elle espéra se faire aussitôt accepter pour souffrir et mourir... puisque aucune apparence de secours ne lui était offerte.

L'heure de la matinée s'avançait; Laure-Antoinette, debout devant la fenêtre, attendait le moment où elle verrait son oncle sortir ou s'enfoncer dans le parc, lorsque la cloche sonna sous l'appel d'une main pressante : la rudesse du coup arracha un léger cri à la jeune fille ; son cœur battit au point qu'elle y appuya ses deux mains pour en comprimer les mouvements. Bientôt un second tintement ; et enfin elle vit Mme Bassan se traîner lentement vers la grille pour aller ouvrir. Trois minutes écoulées, elle revit sa tante, et auprès de la malheureuse femme, si effrayante à la vue, —tant la langueur de la maladie et de la souffrance morale ravageait son visage ! — un jeune homme de haute taille, en petite tenue d'uniforme...

La résurrection de Lazare en face de sa famille éplorée !... la voix libératrice dans l'affreux labyrinthe du glacier !... un phare pendant la tempête !... l'étoile au ciel au plus fort des horreurs de la tourmente !... Louis Solmignac !

Laure-Antoinette lança un cri perçant !... voulut parler, ne le put pas ; un convulsif bé-

gaiement coupa sa voix ; elle cria enfin : *Merci,
mon Dieu !* et tomba sans connaissance.

« Venez, monsieur Bassan, venez ; voilà un
monsieur qui désire vous parler, — dit Mme Bassan à son mari qui, tout étonné, venait de sortir de sa chambre par la porte de communication
avec la cuisine.

— Que me veut ce monsieur ?

— Je l'ignore ; il insiste pour vous voir...
c'est un officier...

— De gendarmerie ?

— Non, monsieur, non,» répliqua Mme Bassan avec une insistance rassurante.

Bassan alla au-devant du visiteur.

« Qu'y a-t-il pour votre service, monsieur ?
— demanda-t-il avec rudesse.

— Je souhaiterais un moment d'entretien
avec monsieur Bassan.

— C'est moi, monsieur. »

Louis Solmignac toisa d'un regard rapide l'étrange personnage qu'il avait devant lui; il réprima tout ce que sa physionomie aurait pu dire, et salua profondément.

« Puis-je vous entretenir librement, monsieur?

— J'écoute. »

L'officier de marine fut un peu décontenancé par cette forme de réception et s'étonna surtout que, malgré la rigueur du temps, on se permît de le retenir dehors.

« Je vous avouerai, monsieur, que malgré une marche rapide de la Ferté chez vous, je ne me suis point échauffé, je suis transi... Ne pourriez-vous avoir l'obligeance de m'écouter auprès d'un bon feu? »

Il était difficile de dire *non*.

« Un bon feu, c'est possible, monsieur; un

appartement comme je le voudrais pour vous recevoir, c'est difficile. Ce vieux château est bien délabré... Entrons ici. »

Il monta les marches du perron et fit entrer Louis Solmignac dans le *salon*.

« Voulez-vous bien m'attendre un instant ?» — dit-il après avoir présenté un siége; et il sortit.

Louis Solmignac n'en croyait pas ses yeux; les renseignements qu'il avait recueillis n'avaient pu lui dépeindre la réalité; mais sa préoccupation pour les objets extérieurs ne le détournait pas de son intime curiosité pour découvrir et entendre l'être chéri qui l'amenait en cette maison.

« Pauvre petite!... Mme Tomson la croyait riche et heureuse! Voilà donc ce château des Bassan! j'aime mieux la cale de mon vaisseau!... Mais pas un bruit; elle dort encore : elle ne se doute pas, dans son rêve, du baiser qui l'attend au réveil!... »

Bassan rentra avec deux énormes bûches de sa réserve et un fagot. Le feu allumé, il vint s'asseoir à quelques pas de son visiteur, et lui dit avec une voix qui marquait moins d'empressement que de surprise :

« Maintenant, monsieur, je suis à vous.

— Pour faciliter mon introduction auprès de vous, monsieur, j'ai une lettre de Mme Tomson...

— Mme Tomson ! — interrompit Bassan.

— De Norfolk, dans la Virginie américaine... Cette lettre est adressée à Mlle Laure Bassan.

— Voulez-vous me la remettre...

— Mme Tomson a désiré que la commission fût faite par moi ; je vous demanderai la permission d'être un messager fidèle...

— Ma nièce n'est pas levée, monsieur...

— Si je ne vous suis pas trop importun, j'attendrai le réveil de mademoiselle... d'autant

que j'aurai bien un préambule d'affaire sérieuse
à entamer avec vous, monsieur... »

Ici, le marin rougit un peu et chercha à reprendre assurance.

« Une affaire sérieuse à traiter avec moi,
monsieur? — demanda Bassan avec une incrédulité apparente.

— Je n'ai pas l'avantage d'être connu de vous,
monsieur, et il n'a pas tenu à moi que je ne vous
fusse présenté par un fonctionnaire notable
dans cet arrondissement : le procureur du roi de
Meaux devait m'accompagner.

— Le procureur du roi!... qu'est-ce que cela
signifie? Je n'ai pas besoin qu'on attire la justice dans ma maison ; elle n'a rien à voir chez
moi!...

— Mais, monsieur, ce n'est pas comme ma-
gistrat, mais comme ami de mon père que
M. Claveau consent à m'accorder devant vous
une marque de son estime...

— Il va donc venir?

— Pas avant huit jours...

— Ah!... — Tout un projet dans ce seul mot de Bassan.

— Moi, monsieur, je suis lieutenant de vaisseau, second du vaisseau de ligne *l'Hercule*... Je me nomme Louis Solmignac...

— Louis Solmignac! » — fit Bassan sans prudence ni convenance et reculant son fauteuil avec violence.

L'officier de marine ne pouvait pas comprendre toute la signification de cette surprise désobligeante inspirée par son nom, et malgré toute la déférence qu'il voulait témoigner à ce personnage ridicule et d'une méchante laideur qu'il avait devant les yeux, il ne put contenir un mouvement de tête en arrière, un froncement de sourcil et un regard interrogateur d'une telle expression que Bassan s'aperçut de l'inopportunité de ses allures brusques et sans gêne.

« Mon nom, monsieur, est porté trop hono-
rablement pour n'avoir pas, en toute occasion,
été salué comme il convenait...

— Aussi, monsieur, vous prierai-je d'attribuer
mon geste à l'effet d'un pur accident de souvenir qui vous est étranger.

— Il me reste, monsieur, à vous remettre
une lettre de mon digne et honoré père...

— Adressée à moi ?

— A vous, monsieur Bassan, à l'oncle de
Mlle Laure. » Louis Solmignac présenta la lettre.

Bassan la prit avec hésitation, l'ouvrit avec
les gestes d'un homme qui aurait mieux aimé
la jeter d'abord au feu ; la lut lentement, et,
pendant cette lecture, mille passions douloureuses et irritées agitèrent sa sauvage physionomie.
Il resta long-temps sur les derniers paragraphes,
parut étudier la signature ; enfin, ployant la dé-
pêche méthodiquement et réunissant réellement

tous ses efforts pour ne pas trahir les pensées qui brisaient son cerveau, il dit d'une voix composée et en accompagnant ses diplomatiques paroles d'un sourire froid et ironique :

« C'est un grand honneur que monsieur votre père veut bien faire au nom des Bassan!... mais semblable affaire est grave, ainsi que vous l'avez dit, et ne se traite pas *sur le pont*... pour me servir d'un terme de votre profession... C'est peu de chose qu'une jeune fille, mais enfin, lorsqu'elle est l'unique compagne de deux vieillards condamnés par goût, par la médiocrité de leurs ressources, à une existence solitaire, presque abandonnée, on tient à cette jeune fille ; c'est l'oiseau gazouillant et chantant qui égaie la chambrette du pauvre ; c'est la petite fleur soigneusement cultivée qui orne sa fenêtre !... Otez Laure-Antoinette de Rouge-Bourse, vous ne verrez plus ici qu'abandon et tristesse !... »

Louis Solmignac fut tout ému de ces mélan-

coliques paroles, malgré le démenti que leur
donnait la physionomie acerbe et perverse de
celui qui les prononçait.

« A ces pensées si paternelles, il y aurait bien
quelque chose à répondre, monsieur, pour vous
rassurer et donner à votre cœur un espoir sérieux, mais je laisse ce soin à mes amis, à mon
père.

— Ainsi, monsieur, vous êtes amoureux de
ma nièce ?

— J'aime Mlle Laure Bassan et j'ai juré de
ne me marier qu'à elle !...

— Sans crainte de vous exposer au célibat ?

— Pourquoi, monsieur, si Laure consent à
m'épouser ?

— Ceci rentrerait alors dans l'autorité des
grands parents.

— Vous n'avez aucune raison pour refuser le
bonheur de votre nièce. »

Bassan ne répondit pas, baissa la tête et jeta sur le jeune homme un regard oblique.

« Vous permettrez, monsieur Bassan, qu'avant de me retirer je présente mes devoirs à mademoiselle ?

— Il est bien matin...

— J'attendrai son lever...

— J'ai des soins à donner dans la maison...

— Comment! monsieur, vous souffrirez qu'un pauvre voyageur soit venu de si loin pour ne pas être accueilli par celle qui l'attire ?... »

La porte de la chambre de Laure-Antoinette s'ouvrit ; la jeune fille, le regard brillant d'un ineffable bonheur, le visage complètement décoloré, la démarche toute tremblante, s'avança au-devant de son amant et lui présenta *sa lettre* en lui disant, avec un accent plein de tendresse et d'angoisse, ces seuls mots :

« Bonjour, Louis. »

Elle fut obligée de s'appuyer des deux mains sur les bras du jeune homme.

« Laure ! » — s'écria Louis Solmignac ; et ses larmes mouillèrent le front de Laure.

Cette scène si simple, si touchante, si vraie, devant le témoin que l'on connaît, avait un caractère que l'analyse ne saurait rendre.

Bassan dit enfin avec un rire étrange :

« Eh bien ! petite fille ! vous voilà très-heureuse ; vous avez près de vous une vieille connaissance !... Votre intimité me touche, jeunes gens ; je me reprocherais d'y mettre obstacle par une raideur sans motif... Voulez-vous, monsieur Solmignac, accepter un modeste gîte dans ma maison jusqu'à l'arrivée de monsieur votre père ? En bouleversant tout Rouge-Bourse, nous parviendrons peut-être à vous arranger une chambre habitable... »

Laure-Antoinette comprit son oncle ; elle eut peur.

II.   18

Mais la proposition plaisait trop à l'heureux marin pour qu'il ne l'acceptât point avec empressement.

« J'ai quelques dispositions ménagères à prendre, *monsieur l'officier;* dans trois jours, tout sera terminé, et vous trouverez ici l'hospitalité que vous méritez... D'ici là, faites connaissance avec les *meulières* de la Ferté ; allez voir l'abbé *Sigaud,* c'est un sorcier qui tire les cartes, magnétise les jeunes filles et empaille les petits oiseaux. C'est à cause de sa science qu'on l'a *interdit* : c'est une des raretés du pays...

— Je ne cours pas après les raretés, — répondit Louis Solmignac en souriant avec effort, par politesse, à ces paroles malveillantes et sans esprit.

— Tâchez du moins que le goût vous en vienne juste assez pour utiliser ces trois jours... Vous dites que monsieur votre père vient dans huit jours? nous lui ferons une belle réception,

mordieu! Je vendrai, s'il le faut, mon habit de
bal pour suffire à la dépense!... »

Louis Solmignac observait avec un pénible
étonnement les formules et les allures étranges
de l'oncle d'Antoinette ; la jeune fille, qui remarquait cet examen, en était toute honteuse ;
elle souffrait bien cruellement de cette con-
trainte qui marquait ce premier moment du retour de son amant : elle aurait bien voulu pouvoir se confier à l'honneur de son bien-aimé et
lui dire :

« Ne reste pas ici!... cette maison est funeste!... pars, je t'accompagne! »

« Ainsi, monsieur, — dit l'officier de marine
avec bonhomie tout en jetant sur Antoinette
un regard affligé, — vous m'exilez pour trois
jours ?...

— Pour trois jours, — répondit Bassan avec
peu de ménagement.

— Du moins, mademoiselle, — reprit le jeune

homme en prenant une main de la jeune fille,
— les mers ne seront pas entre nous, et je n'ai
point à craindre que la tempête nous sépare...»

Laure-Antoinette pressa doucement la main
de Louis et ne répondit pas.

« Ne pourrai-je, monsieur Bassan, présenter
mes civilités à la tante de Laure?

— Mme Bassan est un peu sauvage; elle ôte
rarement ses papillottes et ne se montre que
dans les grandes occasions... d'ailleurs, vous
l'avez déjà aperçue : c'est elle qui vous a ouvert
la grille...

— Comment! cette pauvre vieille femme!
— s'écria involontairement le jeune homme.

— Oui, un peu vieillotte, c'est vrai; un peu
en négligé, quand elle n'est pas dans ses atours,
c'est encore vrai ; aussi, par économie, se tient-
elle volontiers dans son petit coin... Je lui dirai vos bonnes intentions pour elle. »

Louis Solmignac, appréciant la difficulté qu'il

éprouvait à prendre pied dans cette maison, et reconnaissant l'impossibilité d'orienter ses idées dans cet intérieur vraiment excentrique, ressentit un violent serrement de cœur lorsqu'il salua, pour se retirer, l'oncle et la nièce. Bassan et Laure-Antoinette le reconduisirent jusqu'à la grille.

« Dans trois jours, monsieur, — lui dit le maître de Rouge-Bourse.

— Dans trois jours ! — répéta doucement et d'une voix suppliante l'aimable jeune fille qui redoutait, pour son amour et son bonheur, la triste influence exercée par son oncle.

— Une autre fois, ma nièce, — dit Bassan après que Louis Solmignac se fut retiré, — vous me ferez le plaisir de vous montrer aux visiteurs quand je vous appellerai. Vos petites naïvetés d'amour et vos airs mélancoliques en face de moi ne sont pas seulement une bêtise,

mais une insulte... Profitez de mon avis, croyez-
moi... Je vous laisse là-dessus ; plus tard, nous
aviserons au reste. »

Vert et rouge.

XV.

Non, Laure-Antoinette n'était pas solidaire dans l'esprit de son amant avec la vilaine excentricité de son oncle : elle était apparue au jeune marin telle que son imagination aurait pu la créer, charmante, digne, affectueuse, remarquable par sa naturelle élégance ; et la pâleur

qui altérait l'éclat de son visage pouvait bien
être attribuée à l'effet d'un saisissement dont
un fiancé avait tout l'honneur. Mais si le second
du vaisseau *l'Hercule*, premier intéressé dans
cette affaire où le cœur était tout, se mettait facilement au-dessus des accidents qui pouvaient
environner l'existence de Laure-Antoinette,
son bon jugement consultait avec inquiétude les
impressions que son père allait recevoir lorsqu'il entrerait dans Rouge-Bourse ; il ne se dissi-
mulait pas que le préalable consentement de
M. Solmignac, donné à une union qui pouvait,
sans exagération, paraître romanesque, n'avait
été accordé que par le sentiment paternel le plus
libéral et le plus tendre, — toutes réserves faites en faveur de ces hautes convenances sociales
au-dessus desquelles il n'est permis à nul homme
digne et intelligent de se placer.

Or, que pouvaient être les parents d'Antoinette ? sur quel échelon du monde placer cette
vieille femme, hâve, repoussante à la vue, cou-
verte de vêtements malpropres, et ce vieillard

habillé comme un grotesque, parlant et pensant méchamment? Quelle nature de moralité supposer chez ces deux êtres s'accommodant l'un de l'autre, ne se faisant pas rougir en se regardant mutuellement, et osant offrir à des étrangers le spectacle de la dégradation sur eux, autour d'eux, dans les choses et dans les idées?

Ces sages réflexions alarmaient Louis Solmignac. Agissant au nom d'un ami, il se serait refusé à tolérer tout contact au-dessous du rang, des mœurs, des habitudes de l'homme dont il aurait été le représentant; il ne pouvait donc manquer de prévoir les objections, la résistance peut-être, que lui opposerait son père.

Il rentra tout triste dans la Ferté et résolut de s'enfermer pendant ces trois jours, afin d'empêcher tout bavardage de petite ville sur les maîtres de Rouge-Bourse d'arriver jusqu'à lui.

Pendant la première soirée, tandis qu'il utilisait les heures en s'imposant des devoirs de correspondance, une grave conversation avait lieu dans une petite chambre d'une vilaine petite auberge *étiquetée : Ici on loge à pied et à cheval,* — et située à soixante pas en avant des premières maisons de la Ferté, sur la route de Paris.

Cette conversation, tenue autour d'une petite table boiteuse portant trois verres, trois bouteilles et un flambeau de cuivre à demi-dessoudé, avait pour interlocuteurs trois hommes d'apparence significative. C'étaient — *tout uniment,* — *Tarroux, Lebertre* et le noir indien *Clott,* le jongleur.

Une préoccupation assez vive se remarquait dans les yeux des causeurs.

« Et maintenant, Lebertre, commences-tu à comprendre ?— demandait Tarroux.

— J'approche...

— Pas du malheur, grand nigaud !... Il faut qu'un hasard inouï amène ici *Clott, le jongleur,* pour que tu ajoutes foi aux paroles de ton vieil ami!... merci.

— Ah! — reprit Lebertre avec un gros rire, — c'est que mon vieil ami est un vieux braconnier qui a plus de *collets* dans son sac que je n'ai de cheveux sur ma tête, et je préfèrerais *cinq cales sèches* à une mauvaise pensée contre *le second* du vaisseau *l'Hercule...* »

Clott approuva de la tête les paroles de Lebertre.

« Mais je te dis, butor, que j'aime ce Solmignac!... ce qu'il vient de faire pour toi est d'un bon cœur, et je finirai par aimer les bons cœurs, n'ayant plus assez de force pour imiter les mauvaises têtes ; est-ce que je ne te l'ai pas prouvé ?... Si tu prétends que je n'ai coupé ta *ficelle* que parce qu'un bout venait se renouer à ma jambe, qui est-ce qui m'obligeait de te faire savoir l'arrivée de ton frère de lait à Paris?... Peut-être, malgré l'engagement pris, t'aurait-il oublié? Mon métier a cela de bon,

c'est qu'on y sait tout! Je t'ai averti, et un peu
de faveur s'en mêlant, ta grâce a été signée...
En échange d'un pareil service, qu'est-ce que
je te demande ? de laisser faire !... et contre qui ?
contre un misérable dont tu sais les crimes !
qui a les quatre poils du diable; *quand il
dort, le diable le berce !* Il n'y a qu'une voix
contre lui dans la Ferté : il veut devenir
l'amant de sa nièce, de la fiancée de ton maître...
Il faut donc prévenir cette infamie, dégager à
tout jamais la jeune fille de cette abominable
parenté qui suffirait pour empêcher le mariage
avec Louis Solmignac...

— Mais les moyens ! — s'écria Lebertre avec
inquiétude ; — je ne veux pas tomber dans une
affaire de complicité... l'absolution m'est donnée,
je ne veux me retrouver ni avec les pelo-
tons de fil, ni avec *les balayeurs de la grande
trimare*...

— Ton père n'était pas si dégoûté !...

— Mon père, c'était son idée, ce n'est pas

la mienne ; et quand mon père a quitté, pour ne plus la revoir, sa femme qui était enceinte du beau garçon que tu as devant les yeux, le digne homme était déjà le plus vilain gueux de la Bretagne ; il a voulu finir en conséquence. Moi, Dieu merci ! je n'ai pas mangé de la même herbe ; quand j'ai fait faire le plongeon à un *maître d'équipage,* c'est qu'il avait joué du martinet ; je ne donnerais pas une chiquenaude à un innocent.

— Dis-nous toutes tes vertus, grand Lebertre, puis après nous parlerons de nos affaires. Voilà Clott, qui cependant est un habile homme ! eh bien ! Clott s'étonne de t'entendre dire tant de bêtises, te voyant si grand ! ta réconciliation avec la justice te rend idiot...

— Convenu ! — fit Lebertre avec bonhomie.

— Ainsi j'escalade Rouge-Bourse et j'emporte tranquillement Bassan sur les épaules de Clott ?...

— Emporte!... à une condition, la seule !
pas de sang, pas de bruit!... pas de frayeur causée à *mademoiselle*...

— Je te jure que les choses seront faites si
proprement, si sagement, si doucement, qu'il y
aura plaisir à envisager si belle besogne avec si
peu de frou-frou!... Bassan aura le bonheur
des tortues, il ne sentira pas les coups.... Mille
mouchards! et le bourreau en tête!... Penser
que j'ai tenu sous mes yeux deux millions huit
cent mille francs! qu'un million allait tomber dans mes mains! et qu'un verre *de lait*
versé par ce Bassan me rend fou !... et que deux
coups de fusil tirés par ce coquin m'abattent
tout sanglant, tout mutilé, et me retiennent sur
la natte de ce brave Clott que voilà, tandis que
l'infâme Bassan emportait un trésor!... Clott,
en touchant la terre de France, en mettant le
pied sur le pont d'un vaisseau français, tu es devenu libre, — ce n'est point assez! il faut que
tu sois riche pour retourner en Virginie, y être

maître à ton tour et propriétaire d'habitation!...
Lebertre, ta vieille mère tient une cabane et
quelques perches de terre de la générosité des
Solmignac, il faut qu'elle possède une maison!...
Quant à moi, je sais ce que j'ai de trop et ce qui
me manque, j'agirai donc avec connaissance de
cause et en vue d'un résultat certain...

— Quand? — demanda Lebertre.

— Je ne sais pas... selon le mouvement de la
lune... Descends à la cuisine, Lebertre, fais-toi
donner deux terrines d'eau, et Clott va nous
faire une épreuve cabalistique qui te persuadera
bien mieux que tous mes discours de la nécessité
d'en finir. »

Aussitôt que Lebertre eut quitté la chambre,
Tarroux dit à demi-voix, quoique avec une rage
croissante :

« Ce dogue était à craindre et à ménager,
car je l'aime, il a du bon ; j'ai dû le museler

avec de douces paroles... Tu me promets bien,
Clott, d'étouffer ce misérable Bassan?...

— Comme une couleuvre, Tarroux, ami...

— Fidélité jusqu'au dernier moment!... Tu
m'as sauvé la vie, tu ne voudrais pas me
l'ôter!

— Clott ne veut faire périr que Bassan, qui a
fait mourir sous le fouet belle négresse, maîtresse à Clott.

— Être enfin vengé! Clott, — je suis fou de
joie!... J'entends Lebertre, fascine-le... je ne
veux pas que sa tendresse pour ces Solmignac
suspende ou empêche l'exécution de mes projets... »

Lebertre, qui n'était ni sans malice ni sans
intelligence naturelle, entrait franchement,
sans arrière-pensée, avec la ferveur d'un nouveau converti, dans sa nouvelle condition d'honnête homme. Une fois les objets de son culte,
de son affection, placés en dehors de tout dan-

ger, il perdait la meilleure part de sa sagacité ;
il acceptait le rôle de demi-idiot que la ruse
perpétuelle de Tarroux se plaisait à lui faire
jouer. On lui avait révélé les sources de la richesse de Bassan, on lui avait bien fait comprendre que cette immense richesse ne pourrait
être loyalement et légitimement possédée par
Louis Solmignac ou *sa femme;* que la vie même
de Bassan, telle qu'elle pouvait être révélée d'un
instant à l'autre, présenterait un obstacle à l'u-
nion des deux jeunes gens... Il avait consenti,
naïvement, la mort du *seigneur* de Rouge-Bourse, et il apportait les deux terrines d'eau nécessaires pour l'expérience du jongleur (1), afin d'y

---

(1) A l'époque où le comte François de Neufchâteau
était procureur-général au conseil du cap de Saint-
Domingue, il fit brûler vif *Macandal,* célèbre jongleur
indien, qui travaillait à l'insurrection des noirs en exci-
tant leur superstition par mille expériences cabalistiques.
Macandal fut arrêté la nuit, au bord de la mer, à l'issue
d'un *meeting* où, en présence de la foule des noirs, il
avait fait l'expérience que Clott va faire devant Lebertre

trouver, superstitieux Breton, une conviction capable d'affaiblir ses scrupules.

« Clott, — reprit Tarroux, — pour rester fidèle à ce brave garçon que j'aime, j'ai dit que je ne ferais rien qu'il ne m'eût dit : *Marche !*.... Lebertre est comme un enfant, il a mille craintes dans l'esprit qu'il faut lui faire sortir de la cervelle par un coup de ta science... Voyons, quand on a sauvé, par la connaissance des plantes, les jours de Tarroux empoisonné et fusillé, on sait tous les secrets de la nature !... Point de sottes *jongleries* comme en font les saltimbanques de nos villes... tu n'es ni ministre, ni député, ni fonctionnaire, tu es le jongleur qui tenait dans l'attente la population de trois lieues de pays, lorsqu'au cri du hibou, il faisait venir le vent des monts *Apalaches*, et répandait sur Norfolk, avec le froid des hivers

---

et Tarroux. Presque tous les jongleurs indiens ont la connaissance des sciences expérimentales.

du nord, l'odeur du soufre des enfers... Allons,
l'hémisphère n'y fait rien ; sous le ciel bru-
meux de la France, redeviens le Clott de la
Virginie... Lebertre, sois tout yeux, tout
oreilles, la vérité parle !... »

Clott était le beau type des noirs cuivrés
de la Virginie ; son œil ardent, sa bouche in-
telligente, avaient l'habitude de se prêter aux
mouvements dramatiques de l'inspiration.

« Moi, Clott, des bords de la rivière de
James, je vais montrer à vous le vouloir du
sort sur ce Bassan, mauvais blanc. Si lui doit
mourir, l'eau va le dire à vous. Ces deux mou-
choirs sont blancs ; que celui de Bassan, celui
qui est dans ma main droite, sorte blanc de
cette eau, Bassan vivra ! »

Clott trempa, dans l'une des terrines pleines
d'eau, le mouchoir tenu par sa main gauche,
et le retira teint en vert foncé.

« Clott est toujours jongleur ! — s'écria le

noir avec enthousiasme, — Clott peut encore
découvrir les sources, attirer les serpents, les
endormir, faire mûrir les fruits, boire tous les
poisons, et faire souffler le vent d'ouest sous un
ciel du sud !... Le *vert*, c'est la réponse du grand
esprit... Il est là, il m'attend !...Voici Bassan ! —
Il éleva en l'air l'autre mouchoir blanc, le laissa
tomber dans l'autre terrine... et le retira *rouge*.

— Bassan doit mourir ! — fit Clott d'une voix
sombre.

— Il mourra ! — dit Tarroux.

— Que le *recteur* de sa paroisse l'enterre, —
— ajouta Lebertre ; — et maintenant, — conti-
nua-t-il d'une voix libre, — m'expliquerez-vous,
monsieur l'abbé, comment, dans cette bicoque
de ville, dont je ne ferais pas la *cambuse* d'un
vaisseau de ligne, je rencontre un savant indien,
noir comme la figure d'une *caronnade ?*

— Rien de plus simple, — répondit Tarroux
avec complaisance. *L'Hercule* fait une relâche

dans la baie de *Chesapeack* ; Louis Solmignac
vient à terre, court à Norfolk chez Mme Tomson, puis cherche un domestique noir... Voici
Clott...

— Le vraisemblable me rassure... Mais si le
lieutenant apprend que Lebertre vient, comme
ferait un *sloop* bon à couler bas, se ranger inso-
lemment à tribord de son chef, et montrer sa
figure de *gracié* au milieu de sa noce ?

— Ne te montre pas.

— Je rejoins maître, — dit Clott en se levant.
— Tarroux, vous conduire moi à l'auberge. »

Les ennemis de Bassan se séparèrent ; et la
mort de Bassan était résolue.

Bassan avait passé toute la soirée à organiser
une résolution qui pût le soustraire aux dangers
dont il avait l'avis. Un parti extrême, révoltant,
était celui qui, le premier, devait être choisi
par cette intelligence abrutie par la longue habitude du mal.

Il ne faut rien voir d'exagéré dans la nouvelle violence préméditée par cet esprit funeste. Il est de physiologie que la pratique constante des méchants moyens ne permet pas l'usage de moyens meilleurs ; que pour sortir d'une position critique dans laquelle on est entré par la voie du mal, jamais on n'a essayé de recourir à l'inspiration, à l'assistance du bien ; et plus les actes antérieurs auront été révoltants, plus ils appelleront de pires actes, sous prétexte de secours ou de complément de position.

« *Dans trois jours* ! — s'était dit Bassan, — *promesse de corbeau !* Dans trois jours, monsieur le marin, tu n'auras qu'à appareiller ; plus rien à faire ici ! Ah ! vraiment, mademoiselle Bassan, les gentillesses de votre oncle ne vous touchaient pas parce que vous aviez des épaulettes à votre service ; vous voulez vous marier ! et le vieux Bassan n'aura qu'à pourrir dans un coin ! Ou bien, tandis que vous danserez à vos noces, un procureur du roi me demandera compte de mon passé !... Vous ne vous marierez pas ! vous ne danserez pas avec votre amant!... J'aime mieux vous rendre folle!... *Le poison* à petite dose me suffira. Engourdir sa volonté, c'est l'essentiel. »

La toile d'araignée.

XVI.

Laure-Antoinette avait passé la journée entière, après la visite de Solmignac, en compagnie de sa tante. Elle lui avait lu la lettre venue
d'Amérique, et que lui écrivait Mme Tomson.
Le type déplorable du malheur conjugal, de l'a-
bandon et de la misère, Mme Bassan avait lu

jusqu'à trois fois cette lettre, qui rappelait à son cœur en détresse des sentiments qu'il ne connaissait plus.

Cette lettre disait ceci :

« Laure, jeune fille aimée de Dieu,

« Lorsque tu m'as été amenée, il y a un an, par un homme bon et honorable, je t'ai recueillie comme il convenait de faire à l'égard d'une créature providentiellement marquée du sceau des épreuves injustes !... Avant même que tu n'eusses quitté les vêtements que t'avait *dépareillés* l'indigence, mon cœur, mieux que mes yeux, m'avait révélé en toi une *prédestinée*, sinon au bonheur, du moins aux sensations délicates et nobles ; et moi, Française, retenue par la religion du souvenir sur ce sol lointain, je me suis plue à être bonne pour une Française qui demandait du secours.

« Les décrets de Dieu échappent à la prévoyance humaine : lorsque tu jouissais près de moi de ce calme honnête et heureux qui convient à ma vie, un homme est venu qui t'a aimée ! la plus vive des affections veut, pour être acceptée, un but sérieux et durable, — sous peine de traîner son âme dans le bourbier de la prostitution ; — tu as espéré ce but, et, avant la certitude de l'obtenir, tu as permis que l'on t'aimât ; j'ai dû blâmer cette imprudence comme une faute ; mais, lorsque tu m'as demandé de te laisser quitter l'Amérique, parce qu'en France devait revenir Louis Solmignac, j'ai bien reconnu, dans ta volonté ferme, une loi plus forte que ta volonté même !

« Je t'ai laissé partir !... et depuis, chaque soir, chaque matin, j'ai prié le bon Dieu de te pardonner ton aventureux amour !... Ma prière t'a été secourable !... je l'achevais ce matin lorsque Louis Solmignac est entré dans ma maison. Il accourait, noble jeune homme, pour demander sa fiancée... il m'a retrouvée seule... mais, au milieu des larmes que m'arrachaient

les transports de ton amant, j'ai dû lui dire :
*Allez, — aimez la, — rendez-la heureuse, elle
en est digne!...* C'est lui, mon enfant, qui te
remettra cette lettre. En t'agenouillant devant l'autel, auprès de ton époux, traverse
par la pensée les mers et l'espace, et viens
t'agenouiller sous mes mains qui sont pures,
pour recevoir la bénédiction d'une pauvre
exilée qui est bien heureuse d'avoir été pour
toi l'instrument de la Providence. »

— Et ce n'est pas tout !—avait ajouté Laure-
Antoinette en essuyant elle-même les yeux
trempés de larmes de la vieille Bassan,— ce
n'est pas tout ! *Louis* a remis à mon oncle une
lettre de son père qui demande ma main pour
son fils!... et M. Solmignac père sera à Rouge-
Bourse avant huit jours, de sorte qu'avant
peu, chère tante, de nouvelles influences agissant sur mon oncle, influences nobles et généreuses, mon oncle subira leur action ; ses
habitudes, son caractère en seront changés!...

et je n'ai pas besoin de vous dire que, devenue
Mme Solmignac, j'exige... oh! mais, j'exige,
c'est le mot, une large part de bonheur pour
vous, et si, ce que je ne puis prévoir, on vous
la refuse, c'est près de moi, c'est chez moi que
vous viendrez!... »

Mme Bassan écoutait ces paroles si naïves,
si vraies, si affectueuses, comme les enfants
écoutent les histoires qui les attachent! elle
oubliait le présent et la réalité pour suivre
l'idéal que lui présentait sa nièce!

« Au fait, — disait-elle en cherchant à
s'installer au milieu de ces évènements pro-
bables, — les fantaisies de l'imagination ne sont
pour rien dans ce que tu viens de me dire.
Voilà bien la lettre de Mme Tomson, j'ai vu
réellement l'officier de marine. On demande
ta main, cela n'est pas douteux. Quel intérêt
aurait M. Bassan à ne pas t'accorder à un
homme si honorable?... Les honteuses idées
qui ont occupé son esprit, cette séduction dont

II.   20

il a voulu te flétrir, ce sont des oisivetés de
vieillard qu'anéantit le premier évènement
sérieux... Oui, j'espère en toi, pour toi et à
cause de toi!... et, à mon tour, chère petite,
je te promets de ne plus te faire rougir de ta
vieille Bassan. Vienne M. Solmignac le père,
que ta noce soit arrêtée, et je cours, avant
qu'il soit jour, entendre la première messe à
Chamilly... et je reprends mon vœu de misère,
remerciant Dieu qu'il t'ait porté bonheur!.. et
je parais devant tout le monde avec des atours
qui me rendront moins vieille, moins laide,
sois-en certaine, puisque je ne serai plus si
malheureuse !... »

Telle fut la conversation qui eut lieu entre
Laure-Antoinette et sa tante pendant la journée de la venue de Solmignac.

Le lendemain, veille du jour qui devait
réunir les *amants de Rouge-Bourse,* Bassan,
malgré le ciel chargé de brumes et la continuité d'une pluie fine et froide, se rendit
dans la matinée au village de *Reuil,* à grande

distance de Rouge-Bourse, pour y louer à un
vétérinaire, résidant dans le village, un cabriolet
et un cheval.

La voiture devait se trouver à heure dite,
neuf heures du soir, sur la route d'Allemagne,
en face de l'avenue de Rouge-Bourse : il paya
généreusement la location.

Revenu de cette course, l'oncle d'Antoinette
replaça sa couverture, rideau funeste, sur la
glace sans tain, et alluma un fourneau de campagne sur lequel il mit en infusion des racines
d'*ouisoccaw* et de *napel*; il donna tous ses soins
à cette préparation, la laissa réduire de façon à
en rendre l'effet inévitable, déboucha une bou-
teille de bordeaux, et opéra la mixtion à un degré calculé plutôt arbitrairement que selon les
indications médicales.

Cette boisson préparée, il continua de se faire
le serviteur de sa nièce, il prépara son dîner,
et utilisant l'heure par des réflexions capables
de fortifier sa volonté :

« Le parti en est pris !... plus de Rouge-
Bourse !... plus de France !... et peut-être plus
d'angoisses !... plus d'ennuis !... J'avais voulu
m'installer en Suisse : aux glaciers et à la politique près, la Suisse, c'est la France !... allons
plus loin ; repassons les mers !... Et puisqu'il
m'a fallu connaître les chaleurs de l'amour,
ayons-en les plaisirs en toute sécurité... cela re-
lèvera le prix de ma richesse !... Ah ! ah ! mademoiselle Bassan, tu te fais contre moi complice
de Tarroux ! tandis que d'un côté me vient la
vengeance, tu m'amènes ton amoureux en compagnie de la justice, procureur du roi et le
reste ! tu travailles aussi à cette toile d'araignée
sur laquelle, pauvre moucheron, je me suis
abattu sans m'en douter !... tu fais la coquette
pour appeler dans les encoignures de la muraille
les insectes venimeux qui veulent m'étouffer
dans leurs pattes ! Il se fera un trou dans la toile
et le pauvre Bassan passera au travers, t'en-
traînant par un fil perdu, mademoiselle Bas-

san!... et les araignées frapperont de la patte pour m'étourdir avant que d'oser venir à moi ; personne !... plus de Bassan ! »

Cette idée devait soulever toutes ses forces, tout son courage, et elle lui était nécessaire, car il lui était impossible de se dissimuler le danger vers lequel il marchait *au pas des heures*.

Le moment du dîner venu, il dressa, selon son usage depuis quelque temps, le modeste couvert dans le salon, avertit sa nièce de venir s'asseoir près de lui. Elle était silencieuse; il lui parla doucement, de façon à lui rendre un peu de confiance ; et à la fin du repas, l'ayant amenée à sourire, il dit avec effusion :

« Ma foi! petite nièce... j'en passerai par la volonté du sort !... Buvons à la santé des Solmignac !... J'ai caché dans un petit coin quelques bouteilles de bordeaux , et ce n'est pas trop du vin de la cachette pour fêter un beau-père et un fiancé !... »

Laure-Antoinette devint rouge comme une

cerise, regarda son oncle avec attendrissement et lui tendit la main en donnant à son geste une expression toute gracieuse.

« Bah!.., on fait des folies à tout âge! — s'écria Bassan; — je l'avoue, j'ai cru être jeune... C'est ta faute, aussi, petite rusée, pourquoi es-tu si jolie!... Buvons à ton mari!... »

Il versa un demi-verre de ces deux poisons combinés, l'ouisoccaw qui rend fou et qui tue, et le napel de la Forêt-Noire, le plus meurtrier des végétaux, dont la racine, maintenue longtemps dans la main, peut causer la mort.

« Oh! mon oncle!... y pensez-vous? à moi tant de vin!...

— Pour deux santés, ce n'est pas trop!...

— Je bois d'abord à la santé de ma tante, parce qu'elle souffre! et je demande à Dieu qu'il lui rende le bonheur avant de faire le mien. »

L'émotion l'avait gagnée, elle ne fut pas maîtresse de son mouvement et but d'un trait le demi-verre.

Bassan pâlit un peu en la voyant faire, mais un abominable sourire contracta sa bouche.

« L'amour pour les vieux parents a du bon, chère nièce, mais n'autorise pas une jeune femme à oublier son mari... Il n'y a rien pour Solmigna cdans cette santé à laquelle tu viens de faire honneur...

— Mon Dieu, n'y a-t il pas de danger qu'un vin si *sucré* ne me porte à la tête ?

— Pas le moindre .. Allons, avec mon cruchon d'eau-de-vie qui convient mieux à mon vieux gosier, je vais te faire raison. — Il versa trois quarts de verre de bordeaux empoisonné dans le verre de Laure-Antoinette, se leva, et, élevant en l'air son *gobelet* : Je bois, fille de mon frère, à votre établissement prochain, à votre mariage, à votre époux, à notre bonheur à tous... *à tous*, vous entendez ? — reprit il d'une voix conciliante, — je *n'excepte personne*. »

La malheureuse enfant but ce qui lui était versé, et, comme honteuse de cette intempérance qu'elle-même ne concevait pas, baissa les yeux en rougissant et resta pensive.

Bassan l'examinait avec anxiété, étudiant tous les mouvements de son visage.

« Eh bien! petite, tu renonces?

— A quoi, mon oncle?

— A boire...

— Mais je suis tout étourdie...

— Nuit d'hymen tu le seras davantage. »

Antoinette ne répondit pas et parut réfléchir.

« Est-ce que tu ne veux rien boire à ma santé?

— Non; j'ai peur! — dit-elle d'une voix brève.

— Peur, de quoi?

— Je ne sais pas... il est possible que ne bu-
vant jamais de vin...

— Petite sotte, tu n'as pas bu de quoi étourdir un oiseau! Allons, pour prouver au vieux
Bassan qu'on n'a pas de rancune contre lui, à sa
santé! »

La jeune fille poussa un grand éclat de rire d'insensée, approcha le verre presque plein de ses
lèvres, en but la plus grande partie, puis lança
le verre, qui fut brisé, à l'extrémité de la pièce,
et reprit son attitude inclinée et pensive.

« Pas de bonnes fêtes sans verre cassé! » dit
le maître de Rouge-Bourse en reconnaissant
les premiers symptômes du désordre moral.

Entre l'oncle et la nièce, il se fit un silence
qui ne dura pas moins de trois quarts d'heure.
Pendant ce temps si long pour la sauvage impatience de Bassan, ce misérable se tint les
coudes sur la table, le menton appuyé sur les

paumes de ses mains, épiant le moment où la
volonté de sa victime serait définitivement *engourdie*! Bien qu'habitué au crime, il n'était
cependant pas sans inquiétude sur le résultat
de ce crime nouveau : il n'avait point étudié
le *Codex*; la préparation qu'il avait osée, il n'en
avait qu'approximativement réglé la mesure ;
il craignait même d'avoir trop fait réduire l'eau
d'infusion et d'avoir chargé le vin de Bordeaux d'une dose de poison plus forte qu'il
n'aurait voulu, et telle que tous les symtômes
de l'empoisonnement complet dussent se révé-
ler aussitôt.

Les trois quarts d'heure écoulés, Laure-Antoinette pressa de ses mains sa tête et sa poitrine et poussa trois grands cris ! .. elle enfonça
un doigt dans chaque oreille et l'agita, comme
font les gens qui veulent entendre un bruit in-
distinct: c'est que ses perceptions étaient encore assez nettes pour l'avertir que le bourdon-
nement profond qui se faisait dans ses oreilles

internes, c'était la surdité qui lui venait. Après ces premiers signes d'agitation, elle reprit son impassibilité pensive.

Bassan, immobile, le cou tendu, respirait à peine...

La porte du salon, donnant sur le corridor, s'ouvrit lentement... Bassan, trop préoccupé, trop attentif, ne l'entendit pas : ce n'est qu'à un craquement du parquet qu'il leva la tête... Mme Bassan était à trois pas de lui et regardait sa nièce avec une indescriptible physionomie.

Son mari, stupéfié par cette apparition, la regarda sans mot dire.

« Ah!... Jésus!... sauveur des pécheurs... Dieu de miséricorde ! que se passe-t-il donc ici ! — fit-elle d'une voix lente et désespérée.

— Elle dort... — répondit Bassan hébété.

— Sommeil du martyre !...

— Peut-être ! — dit Bassan en se levant droit devant sa femme, qui ne broncha pas. — Et au fait le moment est venu!... — reprit-il d'une voix pleine et libre; — je vais tout-à-l'heure, madame Bassan, vous souhaiter le bonsoir. »

Il ouvrit la porte du perron et sortit...

Mme Bassan courut à sa nièce, lui agita la tête, les bras, et lui cria avec désordre :

« M'entends-tu?... me reconnais-tu?... Rien!... Comment! rien!... Est-ce du vin, est-ce du poison?... Elle est glacée; c'est du poison!... Ah! le scélérat!... il n'a pas eu pitié d'une enfant!... Flammes de l'enfer!... feu du ciel, brûlez cette maison!...

— Qu'y a-t-il, madame? — demanda un homme apparaissant sur le seuil de la grande porte vitrée du perron.

— Qui parle? — s'écria madame Bassan en reculant épouvantée; — qui êtes-vous, monsieur?... comment êtes-vous là?... qui êtes-vous?... Juste ciel! c'est Tarroux!...

— Inattendu, à ce qu'il me semble...

— Vous ici... Venez-vous vous venger?...
Tuez-moi, débarrassez-moi de tant d'horreurs,
de tant de souffrances!... »

Elle fit un pas au-devant de Tarroux, qui s'a-
vançait près de la table pour examiner Laure-
Antoinette.

« IL l'a empoisonnée? — demanda-t-il avec
un calme effrayant.

— IL est toujours l'atroce meurtrier des Sydney!... Mais, si vous êtes à cette place, IL est
donc mort?...

— Fi donc!... Clott le suit dans le brouillard
et le surveille...

— Clott! J'appelais l'enfer; malheureuse, il
m'a entendue; il est ici!...

— Allons, dame Bassan, ne perdons pas de
temps. Je viens chercher deux millions sept
cent mille francs environ...

— Ah! — s'écria la malheureuse femme avec

l'expression du bonheur, — ah! que votre demande soit bénie et vous soit accordée !... Vous
avez raison !... Dieu est juste !... le trésor est à
vous ! Venez, venez vite ! S'IL rentrait... »

Elle saisit le flambeau et marcha vers le corridor. Tarroux, le poignard à la main, s'élança
derrière elle et pénétra à sa suite jusque dans
la chambre de Bassan.

« Prenez ce vilain traversin, monsieur ; il
renferme toute une fortune ! tout le trésor
est là !...

— Tout !... — dit Tarroux en saisissant le
traversin et plongeant ses mains dans la plume,
— tout ! — répéta-t-il à trois reprises avec une
exaltation approchant du délire, — tout!... Je
suis vengé ! »

Il se sauva dans l'obscurité, emportant cette
fortune dont, onze ans auparavant, il avait *mérité* sa part par trois assassinats !...

Les idées de Mme Bassan, au moment où elle

voyait sa nièce, son espoir, empoisonnée !... où elle revoyait Tarroux au rendez-vous de la vengeance... étaient-elles bien nettes ? Il n'est pas possible de le supposer... Avait-elle la conscience de son action en livrant le trésor au complice de son mari ? Peut-être que non. Quoi qu'il en soit, après un temps employé à imaginer l'apparence d'une voie de salut pour elle, elle revint précipitamment dans le salon, saisit sa nièce sous la taille et l'enleva de dessus son siége.

Laure-Antoinette, cédant à ce mouvement brusque, marcha sans parler, tout en chancelant. Sa tante l'entraîna dans la cuisine : elle la plaça sur son fauteuil, sous le manteau de la cheminée, ferma toutes les portes au verrou, alluma une seconde chandelle et la lampe, et attendit...

Bientôt les pas lourds de Bassan se firent entendre dans le corridor.

Bassan était allé s'assurer si la voiture qu'il avait louée était arrivée. Elle l'était.

Il revenait, se hâtant, pour enlever ensemble ses deux trésors, Laure-Antoinette et son *oreiller*.

La sagace perception des *noirs*, hôtes habituels des forêts, peut seule reconnaître, deviner même la présence de la panthère, dont la marche souple et veloutée ne se trahit par aucun bruit... Bassan n'avait aperçu ni entendu l'Indien *Clott* marchant sur sa trace dans l'épaisseur du brouillard. Lorsqu'il remonta les marches du perron et rentra dans le salon, l'obscurité l'inquiéta; mais l'esprit présent, comme le voulait le décisif de la situation, il comprit bien vite que sa femme avait dû emmener la jeune fille.

Il marcha dans le corridor, et, non sans éprouver ce trouble vague qui précède les catastrophes les plus imprévues, il entra dans sa chambre.

La voix secrète lui disait : « *Hâte-toi!* » Il s'approcha vivement de son lit, étendit la main... plus de traversin! il crut, trompé par l'obscurité, avoir pris les pieds pour la tête; et, sans respirer, promena ses mains de l'un à l'autre bout du lit... Rien !

Une exclamation profonde, déchirante, lui échappa : exclamation pleine de râle, où l'agonie manifestait l'approche de sa dernière souffrance, de son dernier souffle.

Puis, d'un bond furieux, effort de la convulsion, revenant devant *la glace sans tain,* que masquait la couverture, il arracha ce voile avec rage... et vit, dans la grande clarté des trois lumières de la cuisine, droite, à trois pas de la glace, une hachette à la main, Mme Bassan, dont l'œil était terrible et attentif, dont la physionomie était de marbre. Au fond de la pièce, immobile, anéantie, sous le manteau de la cheminée, Laure-Antoinette.

Bassan, passant brusquement de l'obscurité profonde au jeu vif de la lumière, eut besoin d'affermir son regard.

D'abord, penchant sa tête en avant, il cria à tue-tête :

« Mon traversin !... où est mon traversin ? »

II.   21

Mme Bassan, *galvanisée* par l'imminence du péril et par la sensation qui l'avertissait de *la fin de tout*, partit d'un grand et effrayant éclat de rire, en agitant la hachette d'une façon menaçante...

« Ah! oui, — cria Bassan, — tu veux rire et me voler! et cela finira comme cela!... Non!... »

Il se précipita sur la porte ; averti de la résistance du verrou, il s'élança sur une chaise, la saisit par ses barreaux d'appui, en frappa à tour de bras deux coups sur la glace qui brisèrent et la glace et la chaise... L'ouverture était faite, mais insuffisante, à longues dentelures aiguës comme des lames de sabre. Bassan, au paroxisme de la frénésie furieuse, se rua sur la glace, la frappa d'un premier coup de pied qui élargit la brèche... Au second geste, il perdit l'équilibre: un gémissement de hibou *s'enfonçait* dans ses oreilles, et une main... une tenaille, s'accrochait à son épaule... Il tourna la tête : Un noir! un

visage décomposé par la plus effrayante mimi-
que, et une voix stridente prononça ces deux
mots :

« Clott... le jongleur! »

Bassan voulut crier, le spasme coupa sa voix;
un éclair à cent mille flambeaux passa sur ses
yeux, il bégaya deux sons inarticulés, fit un
demi-tour sous la pression de la main qui l'atti-
rait en arrière, et tomba tout d'une pièce, frappé
d'une attaque d'apoplexie... mort !

Bassan avait trouvé un trou dans la toile !

Il échappait aux araignées prêtes à le saisir...
il n'entraînait pas Laure-Antoinette par *un fil
perdu*... mais il la laissait morte pour le monde,
toute gisante sur cette trame funeste où la destinée l'avait jetée à ses côtés !

Veillée d'un mort.

XVII.

Clott se pencha sur Bassan abattu, passa la main sur son cœur, fit mouvoir ses paupières, palpa les organes voisins de la veine carotide, — puis s'éloigna sans mot dire, aussi doucement que s'il fût revenu d'une insignifiante promenade.

Un complet silence était rétabli dans l'intérieur de Rouge-Bourse, il n'était troublé que par le mugissement de l'ouragan, le craquement des arbres, le clapotement de la pluie qui frappait sur les larges dalles de terrassement devant la maison.

Lorsque le jour vint, Mme Bassan était à genoux; ses trois lumières jetaient leurs dernières lueurs. Laure-Antoinette n'avait pas changé son attitude accablée.

Aussitôt que Mme Bassan put dominer la désolante confusion qui se faisait dans son esprit, elle se releva, ouvrit la porte de communication, pénétra, tremblante de frayeur, dans la chambre de son mari, et examina le cadavre dont la face était noircie par la violence de l'apoplexie.

Les dents de la pauvre femme claquaient, tous ses membres tremblaient. Horreur et étonnement, joie et fureur, elle ne savait où reprendre ses esprits; et, sur ses lèvres convulsivement agitées, coururent ces mots:

« Est-il mort?... est-ce bien vrai?... Jouiraije, avant de fermer mes yeux, de ma liberté, de la faculté de réparer la trace de tant de souffrance, de tant de misère !... Est-il bien mort, le scélérat !... »

Ici se passa une scène dont il faut épargner le détail à la délicatesse des idées du lecteur : cette scène *a été constatée par la justice* ; elle a expliqué comment il se fit que le visage du cadavre parût avoir été mutilé par un corps contondant... par un pied furieux !

Le jour venu, Mme Bassan prit par la main la pauvre *idiote*, sortit avec elle de Rouge-Bourse et marcha vers la Ferté, où elle déclara le décès de son mari, et présenta Laure-Antoinette à l'examen du médecin de la ville.

Le docteur Gratiot (1), éclairant son observa-

---

(1) Le docteur Gratiot, médecin de la Ferté-sous-Jouarre, est un praticien d'un rare mérite. Elève de la Faculté de Paris, il est un exemple de la difficulté, de plus en plus grande, de trouver sa place dans toutes les conditions ; car la place de M. Gratiot lui est évidemment assignée, par son caractère et son talent, au milieu de Paris ; et il rend de réels et ignorés services au milieu d'une population obscure et indifférente.

tion par les renseignements que lui donna
Mme Bassan, reconnut avec effroi les ravages
progressifs d'un poison contre lequel l'art n'a-
vait pas d'antidote. La victime de Bassan subissait en effet, d'instants en instants, les progrès
meurtriers de *l'ouisoccaw* et du *napel :* la marche trop précipitée avait déterminé une enflure
des jambes, des bras et de la face; des tuber-
cules livides commençaient à tacher la peau;
une contraction épileptique serrait les dents,
tendait les paupières et les vertèbres du cou.
Laure-Antoinette ne parlait pas, elle regardait
sans voir, elle écoutait sans entendre. M. Gratiot ne crut pouvoir mieux faire que de la conduire lui-même auprès des sœurs visitandines
de l'hospice, et Mme Bassan revint dans Rouge-
Bourse avec un *desservant* de la paroisse pour
veiller *le corps* !...

Conclusion.

XVIII.

C'était le troisième jour désigné par Bassan
pour recevoir sous son toit Louis Solmignac.

L'officier de marine avait accepté discrète-
ment cette consigne rigoureuse, et, à l'heure où
il dut la supposer levée, il donna ordre à Clott
de surveiller le transport de ses malles jusqu'au
château de Rouge-Bourse.

« Maître à moi, vouloir suivre moi?

— Où ?

— Voir jeune demoiselle du vieux château...

— Où?...

— Maître venir?... »

Et il conduisit son maître à l'hospice de la Ferté, et la sœur supérieure l'amena devant un lit où gisait, défigurée, torturée par le poison, Laure-Antoinette !,.,

La vraie bravoure possède tous les élans, toutes les faiblesses de la sensibilité vraie : Louis Solmignac, foudroyé par le spectacle de cette mourante inattendue, perdit connaissance.

Il faut se garder ici de rien hasarder pour la satisfaction d'une idéalité sans vraisemblance : il faut observer l'ordre *réel* des évènements, et en approchant du dénoûment de ce lugubre drame, observer l'ordre naturel des *possibilités*, afin que ce qu'il y a de *de vrai* dans cet ouvrage ne soit pas discrédité par l'exagération de ce que l'on a voulu rendre *probable*.

Aux dépens de tout les effets dramatiques désirables, de la part de tout auteur, on suivra donc simplement, avec exactitude, la marche des incidents qui ont marqué la grande catastrophe de Rouge-Bourse.

Louis Solmignac, terrassé par la stupéfaction et le désespoir, fut aussitôt relevé et emporté par *les sœurs*, avec l'aide de Clott, dans une chambre de l'hospice. Revenu de cette crise, le jeune marin réclama des soins ; une congestion cérébrale était à redouter. Le docteur Gratiot s'installa auprès du malade. A l'instant où il prescrivait la potion nécessaire pour calmer le transport déjà commencé au cerveau,—Clott s'approchait du lit de Laure-Antoinette.

« Sœur, — dit-il d'un air d'intelligence à *la supérieure*, — moi voir, moi connaître..., moi guérir !... »

Il palpa les temporales de la pauvre enfant ; il passa légèrement ses doigts sur ses paupières dilatées, toucha les gencives ;... et à mesure qu'il avançait dans son examen, son visage, à lui, exprimait l'anxiété, l'espoir, la tristesse, toutes les péripéties d'un drame qui en est à l'agonie et qui va se dénouer par la mort.

Il resta quelques instants pensif, les yeux
toujours attachés sur les yeux égarés d'Antoinette ; tout-à-coup il se frappa le front avec
le plat de la main, il traça le signe de la croix
avec son pouce sur son estomac et sur la bouche
de la jeune fille. Une religieuse s'approchait
du chevet avec une potion commandée par
le docteur. Clott poussa un éclat de rire,
prit la tasse et la jeta par terre.

« Sœur, vous pas connaître!... Ouisoccaw,
c'est la mort! c'est la vie, si petite herbe jaune
est mêlée à lui!... »

Il prit dans sa poche un portefeuille en peau
noire, déposa le portefeuille sur le lit, l'ouvrit, en tira un paquet enveloppé de papier,
de l'épaisseur d'un sachet. Dans ce papier, deux
feuilles de catalpa desséchées, et entre ces
feuilles un bouquet de fleurs jaunes, un bouquet de racines et de feuilles vertes!...

« La mort et la vie!—cria-t-il avec enthousiasme; — sœur, vite, avec la promptitude du

vent, la rapidité de la voix du tonnerre... de l'eau bouillante... très-bouillante !... »

Il n'attendit pas deux minutes. Lorsqu'on lui présenta une bouillotte, il calcula la mesure d'eau, prit avec prudence deux pincées des racines et des fleurs jaunes, les jeta dans l'eau et couvrit la bouillotte. Le temps d'infuser du thé, il versa l'infusion des deux plantes.

Jusque-là, la supérieure l'avait laissé agir, mais lorsqu'elle le vit passer son bras sous la tête de Laure-Antoinette, la soulever et présenter à sa bouche la tisane inconnue, la digne sœur eut peur d'un breuvage non approuvé par la médecine, ou même condamné par l'église; elle arrêta la main de Clott...

« Vivre ou mourir ! — cria-t-il avec colère. — Si mourir, maître à moi mourir !... si vivre, moi être pardonné... Demoiselle, buvez !» — ajouta-t-il d'une voix forte et impérative, comme si la malade eût pu l'entendre et le comprendre.

II.   22

« Dieu permet cela, peut-être ! » — dit la supérieure aux deux sœurs qui l'assistaient,— et elle laissa faire.

Avec une souplesse de mouvements et une adresse incroyables, il souleva la tête de la jeune fille, et malgré la fréquente contraction des mâchoires, il parvint à lui faire avaler, à cinq reprises, tout ce que contenait la tasse.

Puis il déposa mollement sur le traversin cette tête charmante, emplie en ce moment de tous les troubles inconnus que suscite la lutte entre la vie et la mort ; lutte affreuse, dramatisée par un travail mystérieux de désorganisation, capable de déconcerter l'investigation de la science médicale.

Les religieuses, inquiètes, étonnées, confuses de tout ce qu'elles voyaient d'insolite, craignaient de laisser *tenter Dieu* par cette *médication* qu'elles jugeaient être empirique ; elles craignaient aussi, la moribonde n'attendant plus que la mort, de lui refuser une voie de guérison, et leur perplexité se manifestait par des larmes : elle fut un peu calmée, toutefois, lorsqu'elles virent Clott s'agenouiller près du lit, et d'un geste leur imposer le silence.

Moins de dix minutes après avoir pris le breuvage préparé par l'Indien, — les paupières de Laure-Antoinette s'abaissèrent sans contraction, sa respiration devint moins sifflante, plus régulière, sa face se colora peu à peu : elle était endormie ; peu de minutes encore, et la coloration du visage augmentant sensiblement, une sueur toujours croissante ruissela sur le front et sur la face...

« Dieu est bon !... Clott est pardonné... maître à moi sauvé !... — dit Clott, à demivoix, mais avec une indicible expression d'enthousiasme et de joie ! Il se releva, et s'approchant des sœurs :

« Jeune fille endormie, silence !... jeune fille éveillée, vite, vite, linge chaud, très-chaud... Moi, attendre auprès de maître à moi.... »

L'homœopathie n'est pas un mensonge ; elle était découverte bien avant qu'elle eût passé à l'état de système; les botanistes des premiers âges, plus exercés peut-être dans l'usage des plantes que ne sont les nôtres, avaient toujours attaqué le mal par le mal, le poison par le poison. Cette fleur jaune, aux pétales allongés et minces, qui, infusée, chargeait l'eau d'une teinte jaunâtre, était elle-même un poison très-actif dont la combinaison avec l'ouisoccaw pouvait déterminer la mort instantanée, ou avec le sommeil léthargique une transpiration accélérée et énergique; la transpiration, c'était la vie !

Le sommeil de Laure-Antoinette dura sept heures. Engourdie, stupéfaite, à son réveil, mais l'esprit présent, elle demanda où elle était ? La vue des saintes sœurs visitandines lui causa une sorte de peur... Mais la pres-

cription de Clott devenait sacrée par la réussite même de ses premiers soins : les religieuses conseillèrent à la malade le silence,
et s'empressèrent auprès d'elle.

Ce serait altérer l'ordre rationnel des choses que d'aller chercher des péripéties sinistres dans la situation actuelle des deux jeunes
gens.

Clott rendit son maître à la vie en lui criant :

« Demoiselle sauvée !... elle vivra !... Clott
savant !... »

Les deux malades se retrouvèrent bientôt en
présence. Laure-Antoinette en apercevant Louis
Solmignac lui tendit la main, pleura, et lui
dit avec une tendresse pleine de charme :

« Ma nuit était bien sombre !... bien affreuse !... mon étoile est venue ; et au-dessus de
ma tête rayonne une puissance lumineuse qui
rend l'azur à mon ciel et à ma vie le bonheur !... »

M. Solmignac père, ainsi qu'il l'avait annoncé à son fils, arriva à la Ferté le huitième jour. Il ne voulut pas être moins généreux, moins loyal que son fils.

« Elle est ta femme devant Dieu, — lui dit-il en l'embrassant, — emmenons-la en Bretagne et qu'elle soit ta femme devant les hommes... et qu'elle soit ma fille ! »

Laure-Antoinette, dès la première heure de sa convalescence, avait demandé à revoir sa tante; mais Mme Bassan, qui avait résumé en elle tout ce que le remords, les humiliations, la violence brutale, l'ignominie, l'épouvante et la misère peuvent amasser de souffrances, était morte la seconde nuit de la mort de son mari, pas plus d'une heure après avoir vu un homme dans la chambre du mort, s'approcher du cadavre, le saisir... et, spectacle épouvantable, lui couper la tête !... Cet homme, cette espèce de valet du bourreau, c'était Tarroux !

Après s'être échappé avec *l'oreiller* qui con-

tenait le trésor, Tarroux avait été s'asseoir à
deux pas de la brèche qui avait facilité son entrée dans Rouge-Bourse. D'abord il avait senti
la nécessité de se soutenir pour supporter la
joie qui emplissait son âme!... *deux millions
sept cent mille francs* inconnus de tous et tombés dans ses mains.

Puis, la réflexion prit de la clarté, de la force,
de l'influence, dans ce vieil esprit sans croyance
et sans illusions, et cette volonté mystérieuse
qui avait contraint Bassan de cacher cet or pour
éviter le bourreau, devint contagieuse! Tarroux,
refroidi, eut peur! il n'osa pas être riche! Il
avait mérité mille fois la mort et l'avait audacieusement bravée, et, à l'heure où il possédait
le plus puissant moyen de s'y soustraire, il avait
peur de la loi et de la mort; et lui aussi, pour
ne pas être aperçu du bourreau, il allait se cacher sous l'échafaud!...

Mais avant cela, il voulut obéir à une halluci-
nation de fou furieux, il voulut être le bourreau lui-même... et cinq jours plus tard, l'admi-

nistration des hospices recevait le don anonyme de *deux millions six cent soixante-quinze mille* francs, enfermés dans une grande sacoche, au fond de laquelle était une hideuse tête d'homme... c'était la tête de Bassan.

Moralité.

Un homme d'un grand talent et de beaucoup d'esprit, M. Balzac, trace, dit-il, dans ses livres incomplets, mais puissants par la *psychologie*, l'histoire de la COMÉDIE HUMAINE : *comédie* est un terme impropre, deux fois offensant pour la société qui souffre !

Je trace, moi, dans mes livres de mœurs,

ayant toujours sous les yeux, vivants, agissant dans le monde, mes personnages, mes *héros!...* je trace l'histoire de la FOLIE *humaine.*

C'est là le terme affligeant qui convient aux tableaux sombres et douloureux que je ne fais que copier en plaçant sur mon chevalet notre état social lui-même, et je le connais bien!

La charrue vient de passer, hier, sur la place où s'élevait le château de Rouge-Bourse; *la fosse* de ses propriétaires est encore fraîche! à la minute où j'écris, *on plaide* sur la succession... Ce drame affreux palpite encore.

J'ai trouvé dans un évènement, dans une catastrophe pleine de réalité, un contraste saisissant, si excentrique qu'il pût paraître, — avec ce qui se passe dans le monde: la réussite, la richesse, abominablement acquises et déconcertées par la Providence, qui leur a *demandé compte!...* ce qu'on ne fait plus dans notre société pourrie.

FIN DU DEUXIÈME ET DERNIER VOLUME

TABLE DES MATIÈRES

Contenues dans le deuxième Volume.

FIN.